トロン

小川いら

幻冬舎ルチル文庫

CONTENTS ✦目次✦

初恋シトロン

✦カバーデザイン＝吉野知栄（CoCo.Design）
✦ブックデザイン＝まるか工房

イラスト・六芦かえで✦

初恋シトロン

◆◆

「ほら、ここ。間違えてるよ。どうしたの？　集中してないね？」

そう言った庄田《しょうだ》の手が駿《しゅん》の膝《ひざ》に触れる。その瞬間、ビクリと体が緊張してしまう。

（どうして……？）

どうしてこうなってしまったのだろう。よくわからないまま、駿はひたすら困惑の中にいた。触れている庄田の手が少しずつ上がっていくので、駿は声を上げて椅子から立ち上がりたくなる。それを懸命にこらえているのは、ここが学校の自習室だからだ。

進学校の図書室は蔵書の三分の一が大学受験のための参考書で、狭い読書室の隣にはかなりの広さで自習室が設けられている。集中して学習できるようにパーテーションで区切られたスペースは一人用の他にも、二、三人が並んで座れるタイプに分かれている。

気の合う生徒同士で同じスペースで勉強していることもあるし、ときには教師が指導にきてくれたりもする。庄田に誘われた駿がそこで何をやっているかといえば、もちろん勉強だ。三年の庄田は来年には国立大学の法学部を受験する予定で、二年の駿も再来年には医学部を受験することになっている。

成績優秀な上級生が下級生の勉強を見るというのは珍しくはない。だが、庄田と駿は同じ中学出身でもないし、受ける学部も違うし、それ以外でも何も接点はない。そんな二人が一緒に勉強しているのを見て、奇妙に思う者もいるかもしれない。それでも、面倒見のいい上級生に感心することはあっても、からかったり何かを勘ぐったりするようなことはなかった。

「じゃ、こっちの練習問題をやったら一休みしようか。わからなかったら聞いて」

そう言うと、駿に新しい数学の問題を渡し、庄田は自分も英語の長文読解にとりかかる。早くこの状態から解放されたい駿は一生懸命問題を解く。かなり複雑な「式と証明」の問題で、十五分ほどかかって解いたらまた庄田が丁寧《ていねい》にチェックしてくれる。

「できました。これで合ってますか？」

「案外早かったな。どれ、見せてごらんよ」

そのとき、彼はさっきまで駿の膝を撫《な》でていた手を肩に回してくる。その指先が耳の後ろをくすぐるように動いて、またたまらない気持ちになる。けっして怪しげな気分ではなく、ただ不安と怯《おび》えをかき立て、駿をひたすら落ち着かない気持ちにさせるのだ。

「うん。正解だね。でも、ここところの間の式は省略しないほうがいい。減点の対象になる場合があるから」

答え合わせをしてから、一休みをするために二人は一緒に自習室を出る。校舎とは別棟にある図書室のロビーには自動販売機がある。そこではいつも庄田が駿の分の飲み物も買ってくれる。

「駿はレモンティーでいいんだよね？」

小さく頷《うなず》いて待っていると、すぐ横で一人の生徒が飲み終えたジュースの紙パックを片手にゴミ箱を探しているのが目に入った。

彼はロビーの片隅にあるそれを見つけると、そこへ歩いていくことなくその場で紙パックを持った手を大きく振りかぶっている。どうやらゴミ箱に向かって投げ入れるつもりらしい。ゴミ箱までかなりの距離があった。それに、ゴミ箱の丸くかたどられた口の部分は直径二十センチほど。届いても縁に弾《はじ》かれて、結局拾いにいくことになるだろう。

ところが次の瞬間、彼が投げた紙パックは放物線を描いたかと思うと、見事にゴミ箱に吸い込まれるように入ったのだ。その様子を駿がポカンと口を開けて見ていたら、見られていたことに気づいた少年がちょっと肩を竦《すく》めてみせる。それは「ざっと、こんなもんさ」というような態度だった。子どものような自慢げな様子がなんだかおかしくて、駿もつい頬《ほお》を緩めてしまった。

長身で体格がよく、この季節でも日に焼けたように健康的な肌をしていて、見るからにスポーツが得意な感じだ。意思の強そうな目をしているのに、次の瞬間その視線がふと沈んで駿から逸《そ》れたかと思うと図書室に入っていく。学年で色分けされているネクタイを見れば一年生だった。

（あんな一年いたかな……？）

都内の男子校で全校生徒数は多いほうではない。学年が違っても、校庭やカフェテリアや廊下などですれ違ってなんとなく見覚えがある生徒ばかりだ。特に今の少年は凜々《りり》しい雰囲気といい、りっぱな体格といい、この学校では目立ちそうなタイプだ。なのに、学年が始まって一ヶ月も経《た》つのに、どこでも見かけた記憶がない。いつも俯《うつむ》き加減でいる駿だから、彼のことも目に入っていなかっただけだろうか。

少年の姿が見えなくなってもずっとその方向を眺めていた駿の肩が叩かれる。ハッとして振り返ると、庄田が自動販売機で買ったばかりの冷たいレモンティーのパックを差し出してくる。

「はい、これ」

「ありがとうございます……」

駿がお礼を言って、お金を払おうとしたがこのときも庄田は受け取ってくれなかった。本当は借りを作るようなことしたくないけれど、相手が好意でしてくれているのを頑《かたく》なに拒むわけにもいかなかった。

「今のって、一年だった？」

どうやら、庄田もさっきの少年のことを見ていたようだ。駿が頷くと、小さく首を傾《かし》げている。庄田もあまり見覚えがないと思っているのかもしれない。

そして、ジュースを飲みながら塾での授業や最近読んだ本などたわいもない話をしばらくした。やがて休憩を終えて自習室に戻るとき、入り口横の読書室の中にさっきの少年の姿があった。テーブルで肘《ひじ》をついただらしない格好で図書室から借りてきた本を読んでいる。

自習室はときに奪い合いになるほど込むけれど、読書室はいつも空《す》いている。まだ一年だから大学受験のこともそれほど焦っていないのかもしれないが、なんとなくこの学校の生徒にしては毛色が違う気がした。そんな彼を見て何気なく足を止めていると、庄田が駿の二の腕を軽くつかんで引く。このときもまた小さく体が震えた。彼に触れられるたびひどく緊張を強《し》いられる。

誰かに触れられことはもとから慣れていない。子どもの頃から引っ込み思案の駿は、あまりクラスメイトとじゃれあって遊ぶようなこともなかった。でも、庄田の手を拒むことはできないでいる。彼は親切で優しい上級生だから。そして、駿はそんな彼に可愛がられている地味な下級生だから。

「自習室の利用時間が終わるまで、あと三十分ほどだよ。今日の課題をやってしまわないとね」

このときもおずおずと頷いて庄田のあとをついていく駿だったが、内心は重い溜息《ためいき》を漏らしている。

（今日も美術室へ行けそうにないや……）

本当は勉強よりもやりたいことがある。塾のない放課後は美術室へ行って絵を描くのが常だった。学校に通っているのは、むしろそのためだといってもいいくらいだった。なのに、どうしてこうなってしまったのだろう……。


今振り返ったら、きっかけは些細《ささい》なことだった。

駿が二年に進学したばかりの頃、俯いて歩いていたら廊下ですれ違ったときに庄田とぶつかってしまった。もちろん、前方を見ていなかった駿が悪い。そのとき庄田は持っていたテキストやノートやペンケースを落としたので、慌ててそれらを拾って渡し謝った。けれど、その日の放課後に人のいない教室に呼び出された。きっと態度が悪いと注意を受けるのだろうと思った。

庄田は学校でも優等生で、教師からの信頼も厚く、友人も多い。見た目もスラリと長身で、目鼻立ちが繊細な感じで整っている。でも、駿のように女々しい印象ではなく、ちゃんと男性的な魅力があって、ここが共学校ならさぞかし女生徒から騒がれていただろうと思う。実際、近くの女子高の生徒が校門で待ち伏せしていることもあるようだし、校内の男子でも庄田に憧《あこが》れている下級生は少なくないと知っている。

そんな本人の魅力だけでなく、庄田の父親は成功した実業家で学校に多額の寄付をしており、理事長として名前を連ねている。だからといって、彼自身が偉そうに振舞うようなことはなかったが、周囲では勝手に気遣ったり、必要以上に持ち上げたりする者もいた。媚《こ》びた連中ともそつなくつき合い、嫌味な態度を取ることもなく、親しみもあり適度にふざけたりもして、要するにどの学校にも一人や二人はいる人気の生徒ということだ。

そんな庄田にぶつかったのはわざとではないし、学校の廊下ではよくあるアクシデントだが、呼び出されたのはきっと自分の謝り方が気に入らなかったのだろう。もう一度ちゃんと謝ってこれからは先輩への態度にも充分に注意すると言えば許してもらえると思っていた。だが、庄田の話は違った。なぜかこれから放課後は一緒に勉強しようと言うのだ。最初は意味がわからなかった。

（でも、結局そういうことだったのかな……）

駿は色白で女の子みたいな顔をしている。それは幼少の頃からずっとそうで、小中学校ではクラスの男子にからかわれることも多かった。高校に入ってからは幼稚な苛《いじ》めのような真似《まね》をする者はおらず、周囲の一番の関心ごとは勉強であり受験なので、そういう意味では悪い環境ではなかった。

それでも、華奢《きゃしゃ》な体や見るからにひ弱な印象は無駄に目立ってしまい、ときには同級生から手紙をもらったり、上級生から遊びに誘われたりもした。もちろん、外交的でない駿はそれらを適当な理由で断ってきた。そんなことが何度かあって、そのうち周囲も駿がつき合いにくい暗い奴だと思うようになったのか、やがては声がかかることもなくなった。

親しい友達はいないけれど構わない。思えば、小学校の高学年に上がった頃から学校が好きだったことなど一度もなかった。駿にとってそこはなんでもない場所でしかない。行きたくないけれど、行かなくてはならない場所。そこで楽しみを見つけられた者は幸せかもしれないが、そうでなければその閉鎖的なこの空間はひどく息苦しい。

ただ、駿には高校に通う密《ひそ》かな楽しみがあった。それは、放課後に美術室で絵が描けること。月曜、水曜、金曜日の週に三回は、授業のあとに二時間ほど絵を描いている。美術室は学校の中で駿が一番落ち着ける場所だった。

この学校の美術部とは名ばかりで、部員のほとんどが受験のための塾通いをしているいわゆる「幽霊部員」だ。奨励されている校内活動として内申書のために名前を連ねているだけで、真面目《まじめ》に絵を描きにやってくるのは駿くらいだ。もちろん、部員もろくに出てこないのだから、顧問の美術教師も滅多に顔を出すこともない。

そんな駿もまた火曜日と木曜日は塾があるし、土曜日は午前中に家庭教師が家にやってくる。理数系は少し苦手だが、それでも勉強が嫌いだというわけではない。ただ、勉強して医者になることが自分の夢かと問われたらそうじゃない。

それは駿の夢ではなく、両親の夢でしかない。父親が内科の開業医で、母親も同じ敷地内で皮膚科の医院を開業している。ともに医師であるから、当然のように一人息子の駿も医者になることが幼少の頃から決められていて、選択肢があるとすれば父親の内科を継ぐか母親の皮膚科を継ぐかというだけの問題だ。

そのどちらを選択しても、最終的には双方の医院を経営する立場になる。たとえば、結婚して妻となる女性がそのどちらかの医院を引き継ぐということもあるだろう。あるいはその女性が医師でなくても、医院経営に関してなんらかの協力が得られる相手であることが望ましい。つまり、結婚相手さえも親の望む女性でしかあり得ないということだ。それが駿の目の前に敷かれた人生のレール。

でも、駿には医者としての自分の未来は見えてこない。自分の望みも夢も、何一つ親の希望とは重なっていない。今はただ言われるままに進学校で勉強しているけれど、心はまったく違うところにあった。

今日は水曜日。庄田は週の中三日、火曜、水曜、木曜日に塾に通っている。だから、駿も自習室の勉強に誘われることなく美術室で絵が描ける。授業が終わり、駿は時間を惜しむように急いで美術室に向かいながら溜息交じりに呟《つぶや》く。

(断れればいいんだけど……)

けれど、そもそも自分の不注意でぶつかったことがきっかけだった。それを理不尽に責められているなら、どんな誘いも拒む方法があっただろう。だが、相手は親切に勉強を見てくれているのだ。迷惑だとは言いにくい。さらには相手が庄田というのが、この状況を拒むことを難しくしているのだ。

素行もよく人望もあって、同級生ばかりか下級生にも慕われている。そんな彼に可愛がってもらっている駿を羨《うらや》む声があるのに、余計なお世話だとか困っているとは言えやしない。そうやって優柔不断に断れないまま一緒に勉強していて、ようやく気づいたことが駿を一番困惑させていた。

庄田はやたらと駿の体に触れてくる。もしかしたらと考えてみたりもする。というのも、以前にもらった手紙や誘いを思い出したから。けれど、適当な理由でやんわりと断れば、誰も執拗《しつよう》に駿につきまとうようなことはなかった。しょせん男子校の擬似恋愛ごっこだから、ストーカーまがいのことまでするような者はいなかったのだ。

庄田の場合は勉強を見てくれているだけなので、確信があるわけではない。なんとなくそうなのかもしれないと感じるだけ。ただ一つだけ言えるのは、駿は庄田に触れられるのが怖い。けっして乱暴でも強引でもなくありがちなスキンシップなのかもしれないが、そのまとわりつくような触れ方に逃れられない束縛感を覚える。

だからといって、何もされていないのに誰かに相談できるわけもない。まして、そんなことを気軽に相談できる友人なんて駿にはいない。せっかく人気者の庄田に可愛がられているのに駿のほうから誘いを断ったりして、生意気な下級生だと陰口を叩かれたくはない。人の噂なんてすぐに消えてしまうと思っても、今だって学校という閉鎖的な社会の中で居心地がいいわけではない。これ以上心が塞《ふさ》ぐようなことは背負いたくはない。要するに、事なかれで過ごしていたいだけなのだ。

今では週に一度になった貴重な時間。駿は美術室で描きかけのキャンバスの前に立つ。二学年に進級する前の春休み、電車で少し遠出をして近県の山へスケッチに出かけた。そのときの一枚を油絵でキャンバスに描いていた。今は仕上げの段階だが、木々の芽吹く青々しさと、春独特の霞《かすみ》のかかった空気感を出したくていろいろと試行錯誤してきた。

（もしかしたら、油じゃないほうがよかったかなぁ……）

他の手段を考えながら制服の上着を脱いで、絵を描くとき用に使っているモスグリーンのデニム地のエプロンをつけた。筆を持って絵の前に座ると、オイルと絵の具をパレットの上で混ぜる。

先週描いた遠くの山々のあたりはもう絵の具が乾いている。今日は手前のほうの小道や野の草花を描き込んでいこうと思っていた。

一年のときから一人で描いてきた絵は十号キャンバスで三枚、二十号キャンバスで二枚ある。今描いているものが二十号では三枚目になる。描き上げても出品する場所もないし、誰かに見せるわけでもない。それでも、駿は絵を描いている時間が一番幸せだ。

できることなら、この先もずっと絵を描いていたい。医者になんかなりたくない。でも、絵を描いて生計を立てられる人間などほんの一握りだけ。甘えて逃げているのだと言われたくなくて、自分の夢はずっと親にも内緒にしている。だから、駿が心置きなく絵を描けるのは放課後の美術室だけなのだ。

でも、その日は絵筆を握った途端、将来のことが駿の肩にのしかかってくるのを感じた。それと同時に庄田のこともだ。

二年に進級してもうすぐ二ヶ月目になろうとしていた。近頃は自分の中で刻まれていくときが、少しばかり重くて苦しかった。

◆◆

昼休みに駿の携帯電話のメールの着信音が鳴った。

見れば庄田からで、今日の放課後も図書室のロビーで待っているから一緒に自習室へ行こうという内容だった。駿はしばらく考えてから返信する。

『ごめんなさい。今日は絵を仕上げたいので、自習室には行けません』

面と向かっては言いにくいことも、メールでなら大丈夫だと気づいた。なので、先週からこれで三回続けて庄田の誘いを断っていた。少しは申し訳ない気持ちもあったけれど、駿にしてみれば絵を仕上げたいというのも嘘《うそ》ではない。夏休みに入ったら絵を描くことができなくなる。近頃はそんな気持ちの焦りもあったのだ。

家では自分の部屋で描いても、せいぜいスケッチブックにデッサン程度だ。イーゼルを立てたり油絵の具を出したりなんかできない。できないというより、駿がしたくないのだ。

もちろん、趣味で絵を描くことくらいで親が目くじら立てて反対するとは思わない。けれど、夢中になっているのを見れば、「ほどほどにしておきなさい。今は勉強が第一だ」と父親は言うだろう。母親も「悪い趣味じゃないわよね」と庇《かば》ってはくれても、しょせん趣味でしかないのだからとはなから決めてかかっている。

そういう言葉を聞けば、きっと駿は「そうじゃないよ」と言いたくなってしまうに違いない。駿にとって絵はそんな簡単なものじゃない。小さいときから友達と遊ぶより、テレビを見るより、ゲームをするよりずっと絵を描くことが好きだった。その情熱は歳《とし》を重ねていっても醒《さ》めることがない。駿にとっては唯一といってもいい夢中になれるもの。自分自身を表現できるもの。でも、それは親に言っても仕方のないことだとわかっている。

(わかっているけど……)

ただ、どうしても諦《あきら》めきることができないのだ。親が医者というだけで、本当になりたくもない医者にならなければならないんだろうか。人を助ける立派な仕事だとわかっているけれど、それが自分に与えられた使命ではない気がする。自分には医者になろうという強い信念がない。そんな人間が病に苦しむ人と向き合ってどれほどのことができるというのだろう。世の中には金銭的な目的でその道を選ぶ人もいるかもしれない。自分は経済的に恵まれた環境で生まれ育ったので、そういう感覚が鈍いのも自覚している。だからこそ、絵の世界で生きていきたいなどと言えば、甘いとたしなめられることもわかっている。それでも、自分の絵が金持ちのお遊びだと言われるのは本意ではないのだ。

（結局、逃げているだけなんだよね……）

何一つ自分で決断できず、言葉にできず、行動もできないままだ。そんな自分自身に嫌気がさしているのに、どこへも行く場所がない。だから、駿はいつもここへ逃げ込んでしまう。油絵の具やオイルの匂いにホッとする。キャンバスの前に立つと、自分のするべきことが見えてくる。筆を握ってそこに色を置き、ナイフで削り、また色を塗る。思いどおりの線が引けて、「あっ」と自分の心の中で声が上がるときがある。

自分が頭の中で思い描いていたとおりの絵が目の前に出来上がっていくとき、他の何をしているときにも感じることのない興奮を覚える。楽しくて嬉《うれ》しくて、体も心もフワフワとして、もっともっと描きたくなる。

駿は子どもの頃から昔の画家の伝記をたくさん読んできた。どんな時代の画家も、子どもの頃から絵を描くことが何よりも好きだったと書かれている。なのに、やがてはそれが苦悩に変わっていき、表現方法を試行錯誤し、題材を探し求め、胸をかきむしるような思いをしながら創作をしていたとあった。

今の駿はまだ子どもの段階なのだろう。描くことは楽しみであり、唯一の自己表現であり、少し大げさに言うなら閉ざされた世界からの解放だ。そこに苦しみはない。

先週から仕上げに入っている絵は、今日で筆を置こうと思っている。少し離れたところから見れば、不充分とはいえ霞がかった空気感がないわけでもない。でも、それは自分が思っているだけで、見る人がどう思うかはわからない。どうせ人に見せる絵ではないから、どうでもいいといえばそれまでだ。ただ、自分で満足がいくかどうかだけ。

今回のは悪くないと思う。駿は最後の空の白い線を入れて何度もそれを眺めては新たな線を足し、やがて小さな吐息とともに筆を置いた。

どの絵も終わりはあってないようなものだ。でも、これ以上入れても仕方がないと思う瞬間がある。その瞬間を味わうのもまた、絵を描いている者だけが知る達成感とか満足感だ。そして、今日はその特別な瞬間を味わえる日。

席を立ち、もう一度距離を置いて自分の絵を眺める。満足して頬を緩めた瞬間だった。美術室のドアがノックされて、珍しく顧問が顔を出しにきたのかと思った。一ヶ月に一、二度は形ばかりやってくるが、たいていは部員の様子を見にくるというより、自分が必要な画材や資料を取りにやってくるだけだ。それでも、ちょうど絵が仕上がったところだから、見てもらって何かアドバイスの一つももらえればいい。

そう思ったのに、ドアが開いて入ってきたのは顧問の教師ではなく庄田だった。

「あ……っ、せ、先輩……」

「ふぅ～ん、やっぱり絵を仕上げていたんだ」

彼はいつもと変わらない笑顔でそう言いながら部屋に入ってくると、駿の絵の前に立つ。

「ノートの裏のスケッチは見たことあるけど、油絵もうまいね。駿は本当に絵を描くのが好きなんだな」

授業中にこっそりノートの裏に描いた小さなスケッチを見た庄田は、あのときも本当に駿が描いたのかと聞いていた。自己主張がなくてなんの取り柄もないと思っていた駿にも、意外な特技があったことを発見して驚いたのだろう。

今もキャンバスの絵を見て、あらためて感心したように腕を組んでしみじみと眺めている。

誰かにこんなふうにちゃんと絵を見てもらうことは滅多にないので、少しばかり気恥ずかしかった。それに、自習室への誘いを断ったことで何か言われるかもしれないと思っていたので、そういう様子もない彼の態度にちょっとだけ安心していた。

たった今描き上げたものばかりか、以前に駿が仕上げた絵も一枚一枚見てどこの風景なのかとか、人物画にモデルはいるのかと質問をする。美術室は駿にとって一番落ち着く場所だし、そこで絵のことをあれこれ聞かれているうちに自分がいつものように庄田といてもそれほど緊張していないことに気がついた。

（もしかしたら、相談できるかな……？）

ふとそんな気持ちになった。勉強を熱心に見てもらっているけれど、そんなことより駿には悩みごとがある。それを打ち明ける相手がいなかったが、庄田なら相談にのってくれるのではないかと思った。そして、今の自分なら素直にそれを打ち明けられるかもしれない。

だが、そう思った次の瞬間庄田は駿の絵から視線を外し、こちらを振り返ると言った。

「俺の兄も音楽をやっていたけど、絵もいい趣味だよね。そういえば、うちの取締役の一人に日本画が趣味の人がいて、毎年自分の絵でカレンダーを作っているんだ。そうやって本業の傍《かたわ》らで、いくつになっても続けられる趣味ってのは大切だと思うよ」

駿の心の中で溜息が漏れた。やっぱり庄田にも言えないと思った。彼もまた最初から駿の絵を趣味としか思っていない。最初からそう決めつけてなんの疑いも持っていないのだ。でも、それも仕方のないことだった。本気で美術大学に進学するつもりなら、この高校に入る意味はない。ちゃんとした目的があって、誰もが厳しい受験を乗り越えてこの進学校に入っているのだ。

絵を仕上げた駿が帰り支度をしようとデニムのエプロンを外していると、庄田がそばに戻ってきて自分の腕時計を見ている。

「もう自習室に行く時間はないね」

そう言われてホッとしたと同時に、彼の手が駿の肩をつかんだので途端にビクリと全身に緊張が走る。自分を落ち着かせようとするけれど、庄田の顔を見ればさっきまでの笑顔が妙に真剣な表情になっていた。

「駿、もしかして俺のことを避けてるのか？」

「え……っ？　そ、そんなことは……」

ないとはっきり言えない。正直そうしたい気持ちはあっても、駿は言葉を濁すしかなかった。絵を仕上げたかったのも事実だが、自習室で庄田と息の詰まるような時間を過ごすのは楽しいことではない。

最初は二度、三度かまってみて、退屈な下級生だとわかればすぐに誘いもかからなくなると思っていたのだ。なのに、庄田は駿を誘い続け、気がつけば当たり前のように下の名前で呼び、いつの間にかこんな状態が誰の目にも普通になっていた。周囲の誰もが二人は仲のいい上級生と下級生だと思い込んでいる。

「じゃ、絵が仕上がったんだから、また自習室にくるよね？」

「あ、あの、でも、先輩は文系だし、僕の勉強ばかり見てもらって時間をとらせるのは申し訳ないから……」

庄田も自分の勉強をしているとはいえ、多くの時間を駿が苦手な理数系の勉強に割《さ》いてくれている。申し訳ないと思っているのは嘘ではない。

「そんなことはいいんだ。俺は理数系が得意だし、自分の勉強はちゃんとやっているから、駿が心配しなくてもいい」

そう言いながら、庄田はいつものように駿の肩に腕を回してくる。でも、今日はそれだけではなかった。なぜか体を引き寄せられ、庄田の腕の中にすっぽりと抱き込まれてしまった。しまったと思ったときは遅かった。

美術室は駿にとって一番落ち着ける場所だけれど、この状況ではとてもまずいということにいまさらのように気がついた。自習室はパーテーションに区切られていても、大勢の生徒がいるからまだしも安心だったのだ。でも、ここだと本当に二人きりになってしまう。何をされても叫んでも人はやってこないだろう。

「駿……」

優しげな声で名前を呼ばれても、駿には怯えしかない。このままだとよくないことが起きそうで、たまらず身を捩《よじ》って言う。

「せ、先輩、あの、離して……」

「どうして俺の誘いを断るんだ？　駿は俺のことが嫌いなのか？　俺は駿のことが可愛いと思っているよ。だから、勉強も教えてやりたいし、放課後の短い時間でも一緒にいたいと思う。でも、本当は……」

駿の言葉を遮って庄田はそう言いながら、両手で背中に回した手に力をこめてくる。

「あの、先輩、ちょっと苦しい……」

「うん？　ああ、ごめん。でも、駿が俺を嫌っているなら寂しいと思うからさ」

「き、嫌いじゃないです。嫌いじゃないけど……」

庄田の「好き」とか「可愛い」の言葉は、単純にそれだけの意味ではないような気がするのだ。そして、そんな駿の不安を裏づけるように、今日の庄田は駿の体をまさぐるように触れてくる。背中に回っていた手が脇腹や胸を撫でるようにして這《は》い上がってくると、いつしか頬を撫でて髪の毛に唇が寄せられていた。

「ちょ、ちょっと待ってください。あの、離して……」

さすがにこのままでは駄目だと思って、駿が身を捩って庄田の腕から逃れようとする。ところが、駿の抵抗を感じると、庄田の力はさらに強くなって身動きさえ封じられてしまう。大きな両手で頬を挟まれて上を向かされる。庄田の端正な顔が近づいてきて、唇が今にも駿の唇に触れそうになって思わず小さく悲鳴を上げてしまった。顔を背けて逃れようとしたら、よけいに強い力で抱き寄せられる。逃げられないと駿がついに観念しそうになったそのときだった。

またドアをノックする音がして、ほとんど間を置かずに扉が開いた。今度こそ顧問の教師かと思った駿はそちらに振り返って、今一度逃げを打つ。そして、一瞬の隙《すき》をついて庄田の腕の中から抜け出した。

「駿っ」

庄田が名前を呼びながらもドアのほうを見た。だが、次の瞬間開いたドアから入ってきたその姿に駿のほうが声を漏らした。

「え……っ？」

「あ……っ」

ほぼ同時に向こうも小さく声を上げた。それは美術部の顧問の教師ではなく生徒だった。美術部員ではない。でも、駿は彼に見覚えがある。いつか図書室のロビーで飲み終わった紙パックを、見事にゴミ箱に投げ入れたあの一年生だった。

庄田の手は離れていて、駿は自分の絵のそばへと駆けていった。イーゼルの後ろに身を隠すようにしてしまったのは、ごく自然な保身の体勢だった。

ドアを開けたままで止まっている一年生と、イーゼルの後ろで震えて立っている駿。そして、部屋の真ん中で少し気まずそうにしている庄田がいて、しばし凍りついたような時間が流れていた。

「駿、じゃ、また明日。来週には自習室においでよ。待ってるから」

息が詰まるような場だったが、庄田が何もなかったようにそう言うと、駿の肩をポンと軽く叩いて美術室を出ていこうとする。ドアのそばに立っていた一年生は臆することなく、自

分の横を通り過ぎていく庄田を見ていた。

庄田が廊下の向こうへと歩き去る足音がして、やがて駿は大きな吐息を漏らす。ドアのそばに立ったままだった一年生も、首を傾げるような仕草をしながら美術室の中へと入ってくる。彼はイーゼルの後ろでまだ体を硬くしている駿を見て、怪訝《けげん》な表情で声をかけてくる。

「あのさ、大丈夫か？」

ノックとともに入ってきた彼を見て固まっていた自分たちは、さぞかし不穏な様子に見えたのだろう。正直、彼が入ってきてくれたことで駿は救われた思いだった。けれど、庄田の言いなりになりかけていた自分を、よく知らない一年生にとやかく言われるのもいやだった。見栄とか意地とかではないけれど、やっぱりここでも事なかれで済ましてしまいたいという自分がいて、さらにはそれをごまかしたいと思う自分もいるのだ。

「な、なんのこと？　それより、美術室になんの用？」

相手が一年だとわかっているので、駿はあえて強気でそんなふうに聞いてやる。それでも、自分の声が微《かす》かに震えているのがばれないように必死だった。

「廊下で上野《うえの》先生につかまってさ。美術準備室にある進路アンケート用紙のコピーを持ってくるようにって言われたんだ」

上野というのは美術教師で、名前だけの美術部の顧問でもある。だが、授業のとき以外はこんな離れの教室まで必要なものを取りにくるのさえ億劫なのだろう。たまたま廊下にいた一年生の彼に使いを頼んだらしい。

美術準備室は美術室の隣にある教師の個室のようなものだった。そこに資料やら画材やら諸々のものが棚に積み上げられていた。そこから進路アンケート用紙のコピーを持ってこいと言いつけられたというのだ。その準備室は美術室の隣にあって、ドア一枚で繋《つな》がっている。

「準備室なら、そこのドアの奥だから」

駿が言うと、一年生は黙って頷いてそこへ入っていく。しばらくして頼まれたプリントの束を手にして出てくると、美術室のドアの前でまた足を止めた。

ひどく心地悪くて駿は、早く彼が部屋から出ていってくれればいいと思っていた。なのに、彼はそこでこちらを振り返るとまた声をかけてくる。

「あのさ、もしかして苛めとか？　それとも……」

駿はそうじゃないと首を横に振る。苛めではない。庄田にそんなつもりはないと思う。けれど、よしんば自分が苛められていたからといって、「そうだ」と言える者などいないと思う。高校生にもなって苛める人間は愚か者のレッテルを貼られるかもしれないが、苛められている人間もまた弱くて意気地がないと陰で笑われるだけだから。

「そういうんじゃないよ。ちょっとふざけていただけだからっ」

駿は動揺がおさまらない顔をキャンバスで隠すようにして、わざときっぱりとした口調で言った。これ以上よけいな詮索はしてほしくない。頼むから放っておいてほしい。それに、一年生が首を突っ込むようなことじゃない。

それでもまだどこか訝《いぶか》しげにこちらを見ていたが、肩をちょっと竦めて部屋を出ていく。紙パックを見事にゴミ箱に入れたときの自慢げな肩の竦め方とは違い、べつにどうでもいいというようなどこか投げやりな態度だった。

美術室に一人残された駿は、ようやく安堵《あんど》の吐息を漏らす。途端にまた体が震え出した。来週からまた自習室へ行かなければならないんだろうか。またあんなことがあったらどうしたらいいんだろう。仕上がった絵を前にして駿はすっかり塞いだ心で大きな溜息をつくのだった。

◆◆

週が明けた月曜日。高校に入ってから登校するのはいつだって億劫だった。でも、今日ばかりは心底気が重かった。学校へ通うのは億劫でも、授業さえ受けてしまえば絵が描ける。それだけが楽しみだったのに、今はそういうわけにもいかなくなった。

その日、カフェテリアでいつものように少し遅い時間にランチを摂《と》っていた。昼休みが始まったばかりの時間だと込み合うので、駿はいつも三十分ほどしてから一人で食事をするのが常だった。この時間になると、ほとんどの生徒がグラウンドに出ているか自分の教室に戻っていて、カフェテリアは案外空いている。メニューは残り物になってしまうときもあるけれど、ランチのトレイの横に好きな雑誌を広げることもできるから駿には都合がいい。

広げているのは購読している月刊の美術雑誌で、注目のアーティストの特集や展覧会の案内に、アート系の仕事の紹介などもある。そんな中で、とあるデザイン事務所に就職した人の記事を熱心に読んでいるときだった。

視線を雑誌に落としていると、その雑誌の誌面に影が差した。ハッとして顔を上げると、そこには庄田が立っていた。

「相変わらず一人で食べてるの？」

昼休みは三年の友人たちと一緒に過ごしているのに、わざわざ駿に声をかけるためにカフェに戻ってきたらしい。庄田は先週の美術室での出来事など何もなかったように優しげな笑顔で立っていて、駿は思わず頬を引きつらせてしまう。そんな駿の様子に気づいているのかどうかわからないが、庄田は隣に座ると頬杖をついてこちらを見る。

「今日は自習室にくるよね？」

「あ、あの……」

駿はやっぱり絵を描きたい。だから、今日も美術室へ行きたい。でも、メールでは送れることも、こうして面と向かってしまうと、自分はあまりにも優柔不断で気が弱い。

（ちゃんと断らないと駄目だ。でないと……）

そういうことについて疎い駿でも、いつかは面倒で困ったことになるとわかる。何がどうと言いたくないのは、自分でも認めたくないから。幼少の頃から言われてきた「女の子みたいに可愛い」という言葉は、駿にとって嬉しくもなく、むしろ厄介な言葉でしかなかった。

その言葉を口にしたのは庄田が初めてではない。けれど、その言葉の意味で具体的に問題を抱えたのは今回が初めてかもしれない。これまでの手紙や軽い誘いには、不器用なりにはっきりと拒むことができた。けれど、今回は最初から庄田のペースに巻き込まれていて、駿はそれに呑み込まれるままになっていた。

これ以上は駄目だと思う自分の気持ちをどうにかして伝えようとして、手にしていたフォークを置いて隣の庄田を見る。ところが、彼の顔を見た途端に駿の気持ちが揺らいで言葉に詰まってしまった。それは、彼がひどく申し訳なさそうな顔をして、駿から視線を逸らしていたから。

「先週は悪かったよ。あんなことをするつもりはなかったんだ。ただ、俺は本当に駿が可愛くて、ちゃんと面倒見てやりたいと思っているだけなのに、何か誤解されているみたいだったから。それが残念でどうにかしてわかってほしいと思ったら、あんなことに……」

庄田が駿を可愛がってくれる気持ちはわかる。でも、それが過剰なスキンシップになると困る。ただ、肩を抱かれるとか手を握られるとかではなく、この間のように抱き寄せられてキスをされそうになったのは怖かったし、やっぱりいやだと思った。

そのことをなんとかうまく伝えようと駿が頭の中で言葉を探していると、庄田が小さく溜息を漏らして言った。

「駿はもう俺にかまわれるのはいやなのかな？　一緒に勉強するだけでも迷惑？」

ひどく残念そうに言われると、強く言い返すこともできない。どうして自分はこうも優柔不断で、自己主張のカケラもないのだろう。黙っているのが一番よくないとわかっているのに、このときも俯いたまま何も言えないでいた。

「ねぇ、駿……」

庄田が駿の顔を横からのぞき込んできて、その緊張感にたえられなくなって頷いてしまいそうになったときだった。いきなり長テーブルの向かい側に誰かがトレイを置くのがわかった。その少し乱暴な音に、ハッとして庄田と駿が顔を上げてそちらを見る。

「あ……っ」

駿だけが小さく声を漏らした。庄田が黙ったまま、ちょっとムッとしたような様子で相手を睨《にら》んでいる。睨まれている相手はあのとき美術室に入ってきた一年生で、彼のほうはどこまでも飄々《ひょうひょう》とした態度でいる。

ランチのトレイを置いて座ると、まるでこちらなど見えていないように食事を始めた。偶然ここに座ったただけかと思ったが、そんなはずはなかった。この時間なら席は他にいくらで空《あ》きがある。何か意味があって、わざわざ駿たちの前に座ったとしか思えない。

もちろん、庄田も彼の顔を覚えているようで、どこか苦々しい表情で一年生を睨みつけている。駿は庄田が一年に向かって何か言うのではないかとハラハラしていた。ところが、庄田よりも先に口を開いたのは一年生のほうだった。

「ああいう遊びって、この学校ではやってんすか？」

彼はチキンソテーに添えられた温野菜をフォークで突き刺しながらたずねる。そのふてぶてしい態度には三年の庄田もちょっとぎょっとしていた。一年のくせに体格がよく、妙に落ち着きがある。それはもちろん庄田への質問だったが、視線はまったく違うほうを向いていて、どこか人を喰《く》ったような感じだった。

いくら入学して間もない一年生とはいえ、三年生の庄田のことは知っていると思う。目立つし、校内でもよく名前が挙がるし、今年の入学式でも在校生代表として歓迎の言葉を述べていた。そんな三年生に対して、生意気な態度を取れるなんて勇気があるのか無謀なのかわからない。

庄田にしてみれば彼の生意気な態度は気に入らないが、一年生相手にムキになるのもみっともないと思ったのだろう。冷静な口調で向かいに座った一年生を睨みながら聞き返す。

「なんのことを言ってるんだ？」

「この間の美術室でのことですけど……」

そのとき、庄田がテーブルを手のひらで軽く叩いた。乾いた音は思いのほかカフェテリア内に響いたが、ほとんど生徒がいなかったのでたいして注目を集めることもなかった。

「一年のくせにズケズケとものをいう奴だな。でも、何も知らないくせに首を突っ込まないでもらいたい。上級生が下級生の面倒を見るのは当然だろう。はやりじゃなくて、この学校の伝統だよ。覚えておくといい」

「伝統っすか？　俺はそういうの勘弁だな」

茶化すように笑うと、チラリとこちらを見て肩を竦めている。どうやらその仕草は彼の癖のようだった。だが、庄田は一年生のその態度に苛立《いらだ》ちを募らせたように立ち上がる。それに驚き、怯えをあらわにしたのは駿のほうで、一年生はまったく気にした様子も見せない。

「おまえ、一年の何組だ？　名前は？」

「三組の高幡《たかはた》っす。高幡辰彦《たつひこ》」

「そう、高幡か。とにかく、俺と駿のことに口を挟んでくるのはやめろよ。おまえには関係のないことだ。それとも……」

庄田の言葉が終わらないそのとき、カフェテリアに顔を出した三年生がこちらに呼びかける。

「雄二《ゆうじ》、ちょっときてくれないか。弁論部の連中と英会話クラブが視聴覚教室の利用時間で揉《も》めててさ。俺らじゃ手に負えないんだ。なんとかしてくれよ」

厄介ごとに頭を抱えるようにそう言いながら庄田に手招きをするのは、三年生の一人だ。庄田の友人で成績もよく、三年生の中ではそれなりに知られている生徒だった。彼は庄田が二年生の駿にかまうことをあまり快く思っていないらしく、こういうときでも近くにきてものを言おうとはしない。

親友に頼まれれば断ることもできないのだろう。庄田はちょっと困ったような顔をしたものの、立ち上がったその手で椅子をテーブルに押し込むと、駿の肩を軽く叩いて耳元で囁《ささや》くように言った。

「じゃ、また後でね。自習室で待っているから」

頷かなければ、一年生の前で庄田の顔を潰《つぶ》してしまう。それくらいは不器用で察しの悪い駿でもわかったから、無理やり作った笑顔で頷いてみせた。でも、それがよかったのかどうかはわからない。きっとよくなかったのだろうと思うけど、だったら自分にどうすることができたのかもわからないのだ。

（本当に、僕って……）

どうしようもない人間だ。高校に上がってからというもの、駿は自分という人間の不甲斐《ふがい》なさを思い知るばかりだった。でも、振り返ってみれば、高校からのことではない。いつだって周囲との軋轢《あつれき》を避けるために、自分の意見を口にしないことが癖になっていた。

それがずるいことだとわかっている。でも、今の自分が何をできるとも思っていない。このまま穏便に高校生活を終えることができればいい。駿の望みはそれだけだった。

庄田がカフェテリアを出ていき、駿はあのときの美術室と同じように一年生とともにその場に残されてしまった。でも、駿のほうから彼に話しかける言葉はない。庄田に対してどうしてふてぶてしい態度を取るのかその理由はわからないが、駿を巻き込むのはやめてほしい。

食事の手がすっかり止まっていた駿がそのことを高幡と名乗った一年生に言おうと思ったのだが、このときになって彼がなぜか駿のほうを真っ直《まっす》ぐに見る。その強い視線に気づいて、なぜか駿のほうが臆してしまった。すると、彼は手にしていたフォークを軽く振り回しながらたずねてくる。

「あのさ、どう見ても一緒にいて楽しそうに見えないし、あんたも本当にそれでいいわけ？」

不遜《ふそん》な態度だったとはいえ、三年生の庄田には一応先輩への気遣いの感じられる口調だった。なのに、二年生の駿にはいきなりタメ口で、「あんた」呼ばわりだ。それはいくらなんでもカチンときた。

駿は半分ほど食べ終えていたランチのトレイにフォークとナイフを置くと、高幡のほうを見てから紙ナプキンで口元を拭う。

「君には関係ないから。それに僕は二年なんだけど、もう少し口の利《き》き方を……」

「わかってる。ネクタイの色を見ればね。でも、なんかあの三年生に何も言えずに困っていたみたいだしさ。そういうのって、見ているとこっちのほうがイライラするんだよな」

高幡が駿の言葉を遮ると、そんなふうに言う。この間の美術室といい、今の庄田との雰囲気といい、何か察するものはあったのかもしれない。けれど、そういうデリケートな問題だからこそ、昨日今日会ったばかりの下級生に追及されたくはない。イライラするのも高幡という少年の勝手で、いちいち口出しすることはないはずだ。

「言っておくけど、僕が先輩に勉強を教えてもらっているだけだから」

「勉強を教えてもらっているのは嘘じゃないかもしれないけど、あの人もっと違うことを考えてない？」

その一言で高幡が何を勘ぐっているのかがわかって、駿の胃がチリッと痛んだ。もう食事をする気も完全にうせていた。

「な、なんのことを言ってるのかわからないな。考えすぎじゃないの？」

突っぱねるつもりが、弱々しい声になってしまいいやになる。

「そう？　だったら、なんでガチガチに緊張してたわけ？　この間も声が震えてたよな？本当は何か危ないこと……」

「違うからっ。何考えているのか知らないけど、そういうんじゃないからっ」

それは駿自身だって認めたくないことなのだ。だから、思わず声を荒げてしまった。自分でも思っていた以上に大きな声が出てしまい、気まずさに高幡から顔を背けた。

「何考えてるって、多分あんたが考えていることと同じことだと思うけどなぁ」

「そ、そんなことないよっ。それに……」

駿がまたいつもの気弱い声色に戻り俯いてしまう。

「それに、何？」

駿のうろたえる姿を前に高幡のほうはほとんど動じることもなく、黙々と食事を続けている。そういう落ち着いた態度がひどくカンに触る。もう食事をする気もないし、駿はトレイを持って席を立つ。そんな駿に向かってもう一度高幡が声をかける。

「なぁ、この学校って美術部があるの？」

違う話題だったので駿も足を止めて振り返った。

「あるにはあるけど。なんでそんなこと聞くわけ？」

「だったら、あんたも美術部ってことか？」

「そうだけど……」

だから、なんだと言うのだろう。もしかして、彼も美術に興味があるのだろうか？

「じゃ、放課後は美術室で絵を描いているんだ」

呟くように言うと、勝手にうんうんと頷いて食事を続けている。どうやら彼の質問にたいした意味はなかったらしい。駿はそのままきびすを返してトレイを返却口までもっていく。

（高幡辰彦か……）

奇妙な一年生だ。ついこの間まで見かけることもなかったのに、ここにきてちょくちょくその顔を見る。それも駿がちょっと困ったところでふらりとその姿を見せる。意図的なわけもなく、偶然なのは間違いない。

それにしても、ずいぶんと生意気で態度が大きい。進学校で成績優秀な者が多いこの学校では、比較的素行がよく礼節をわきまえた生徒が多い。それは上級生と下級生の関係でもそうで、あからさまに上級生に反抗的な態度を取ったり、乱暴な言葉遣いをする者などあまりいない。

なのに、彼は駿にばかりか庄田にもあの調子だった。そういえば、駿も学校ではほとんど一人でいるが、あの一年生も友人と一緒にいるところは見たことがなかった。

（それも偶然かな……）

ひどくカンに障る物言いをして、気の弱い駿でさえ気分を害したくらいだ。親しくしている人間がいなくても無理はないかもしれない。けれど、駿が彼と話していてものすごく腹が立ったかといえば、そういうわけでもない。見られたくないところを見られ、探られたくないところを探られて、気まずさから苛立っていたせいもあると思う。

上級生とわかっていて「あんた」呼ばわりしたり、勝手に見ていてイライラすると言われるのは不愉快ではあったが、美術室でも今も彼がきてくれたことで駿が救われたのも事実なのだ。

でも、このときまではこれ以上の偶然もないだろうと思っていた。だから、奇妙な一年生とのかかわりを気にすることもなかったのだ。

その日の放課後、駿は自習室に行くか美術室に行こうか迷っていた。昼休みに庄田に誘われたばかりだし、さすがに行かないと角が立つ気がした。あんなふうに下級生から言われた庄田の気持ちを思うと、自習室へ行ったほうがいいと思う。でも、本音を言えば行きたくない。

廊下で足を止めたり、行ったりきたりしていると、携帯電話のメールに着信があった。それだけで、ドキッとして駿はその場で小さく跳ね上がる。急いで立ち止まり携帯電話を取り出すと、メールを開いて見る。

『ごめん。約束したけれど、今日は塾の進路指導を受けにいかなければならなくなったので、勉強はまた今度ね』

いつもは庄田の塾の日ではない月曜日だが、今日は特別に塾へ行かなければならないらしい。正直、それを見てホッとした。と同時に、駿の足はすぐさま美術室に向かう。

先週仕上げた絵に続いて、今日から新しい絵に取りかかる予定だ。この間の風景画と対になる絵で、やっぱり春休みにスケッチしてきた絵のうちの一枚だった。今日はキャンバスに下絵をするだけで終わるだろうが、夏休みに入るまでにそれも仕上げたいと思っている。

（夏休みに入ると描けないからな……）

それに、二年の夏休みは去年よりも塾へ通う日数がずっと多くなるだろう。これまでのようにスケッチ旅行に出るのも難しくなるかもしれない。それを思うと今からちょっと気持ちが暗くなってしまう。

それでも、今日の放課後は絵が描ける。今はそれを楽しめばいいと気持ちを切り替えて美術室のドアを開ける。すると、そこにはなぜか高幡がいた。駿の仕上げたばかりの絵の前に椅子を置いて座り、そこで文庫本を読んでいる。

ぎょっとした駿が目を見開いたままその場で動けないでいると、高幡はこちらを見て軽く会釈《えしゃく》をして寄こす。でも、それはやっぱり先輩に対する挨拶《あいさつ》というより、知り合いにちょっと合図を送るといった程度の態度だった。

「あ、あの、ここで何してるの？」

「絵を見ながら、本を読んでる」

それというのはおかしくないだろうか。絵を見ていれば本は読めないだろう。それよりも、どうして彼がまた美術室にきているのか、その理由がわからない。高幡は教師に借りてきた美術室の鍵をズボンのポケットから出して、近くのテーブルに置いた。

まさか今日も教師に何か用事を頼まれたとでも言うのだろうか。だったら、頼まれたものだけ取ってさっさと戻ればいいだけだ。なのに、彼はのんびりとそこに座っている。その理由をたずねようとすると、目の前の絵を指差して彼のほうからたずねてきた。

「これもあんたが描いた絵？」

「そうだけど……」

「ふぅ～ん、うまいもんだね。こういう色使いは好きだな」

木の椅子に普通に腰かけているのではなく、座面に跨《また》がる格好で背もたれに両肘をのせて絵のほうに向かい、柔らかい表情をしている。そのとき、彼もまた絵が好きなのだろうかとふと思った。

「もしかして、美術部に入るつもりとか……？」

駿が半信半疑で聞いてみたら、返ってきたのは例のちょっと肩を竦めてみせるポーズだった。

「いやぁ、見るのはいいけど、描く気はないな。っていうか、絵とか苦手だし、中学のときも美術は2だったし」

美術の成績は関係ないと思うが、彼の場合本当に絵を描くことに興味はないようだ。

「だったら、どうしてここに……？」

ここは駿にとってはこの学校で唯一のテリトリーと言ってもいい。顧問の教師さえこなくて、一番リラックスして好きなことに没頭できる場所なのだ。そんな駿にとって大事な場所に、美術部員でもなければ絵を描く気もない生徒が当たり前のような顔をしているのはどうかと思う。もっとはっきり言えば、迷惑だった。

「ここって静かだし、なんとなく居心地よさそうだし」

「本を読むなら読書室に行けばいいと思うけど。一応放課後は美術部員に使用を許可されているだけで、誰でも利用できるわけじゃないから」

相手は下級生で、勝手なことを言っているというのに、やんわりと断ろうとしている自分がいやになる。こういう弱腰だから舐《な》められてしまうのだとわかっている。そして、高幡はいつもの調子で生意気な態度でくるのかと思っていたが、このときはなぜかそうでもなかった。

「図書室も悪くないけど、自習室へ行く連中がいちいちこっちを奇異な目で見ていくのが鬱《うっ》陶《とう》しくてさ」

確かに、駿も最初に彼を見たとき、読書室で本を読んでいる彼の姿に目をとめた。この学校で自習室ではなく読書室でのんびり本を読んでいる生徒は珍しくて、彼の言うように奇異な目で見られがちなのも事実だ。だからといって、この美術室を休憩所のように使われては困る。

やっぱり、ここは学校のルールを盾にしてきっぱり突っぱねるしかない。駿が勇気を出して少し強い口調でそのことを言おうとしたら、急に高幡が笑みを浮かべてみせる。

「あのさ、ここってあんた以外には誰もこないんだろ？　俺、うるさくしないし、邪魔もしないからここにいてもいいかな？」

それは思いがけない「おうかがい」だった。きっと上からものを言うんだろうと思っていただけに、拍子抜けした気分で駿は言葉を失う。座ったままで駿の顔を見上げながら、それでも笑った顔は妙に人懐《ひとなつ》っこい。

体格がよくてちょっとふてぶてしいくらい落ち着いた態度も、一瞬にして中学生のように子どもっぽく変わる。考えてみたら、一年生の彼はほんの数ヶ月前までは正真正銘の中学生だったのだ。

学年が始まって二ヶ月になろうとしているが、まだ学校に慣れなくて自分の居場所が見つけられないのだろうか。学力主義のこの高校で、見たところ彼はあまり学業に力を入れているようにも見えないし、そういう意味でも浮いてしまっているのかもしれない。だとしたら、少しばかり同情を感じないでもない。

駿は学年で成績が悪いほうではない。幸い、勉強は嫌いではないし、理数系で苦労することはあってもなんとか上位のほうに名前を連ねてはいる。でも、成績のことだけでなく、進学や受験に興味がなかったとしたら、この学校のどこにも居心地のいい場所がないのはなんとなくわかる。だからこそ、駿もこの美術室に逃げ込んでいるのだ。

「あのさ、本当に他に行くところないの……？」

そうたずねて、彼の顔をチラッと見てみる。すると、高幡は途端に頬を緩めている。まだ駿は何も言っていないのに、すでに許可を得たような安堵の笑みを浮かべているのだ。ずるいと思ったけれど、同時に素直なのだと思った。

「だってさ、この学校だよ。俺みたいなのがどこへ行けると思う？」

その言葉に、やっぱり彼はあまり成績がよくないんだろうかと思った。だとしたら、居場所がないというのも事実だろう。家でもせっかく進学校に入っておきながら、どうしてそんな成績なんだと責められているのかもしれない。駿は勝手にそんなことまで想像して、急に彼への同情を禁じ得なくなってしまった。

「あ、あの……、じゃ、いてもいいよ。ただし、あくまでも部活の見学者ってことでね」

駿がそう許可を与えると、高幡は持っていた文庫本をパタンと閉じて椅子から立ち上がる。

「助かるよ。俺さ、あんたのこと……」

礼を言うつもりなのかもしれないが、駿は片手を突き出して開いた手のひらで彼の言葉を止めた。

「ただし、僕のことは『あんた』って呼ばないでよ。一応先輩なんだからさ」

駿の言葉に高幡はいまさらのように胸の前で腕を組み、「うんうん」と頷いている。そして、思い出したように駿に名前をたずねる。

「じゃ、先輩って呼べばいいのか？　で、先輩の名前もまだ知らないんだけど……」

そういえば、何度も顔を合わせていながら、まだ名前を教えていないことを思い出した。

「二年一組の今村《いまむら》だよ」

「あの三年の人は下の名前で呼んでたよな？　確か……」

「駿だよ。今村駿」

下級生から下の名前で呼ばれることはないと思うが、一応気にしているようなので教えておいた。すると、高幡はあらためてペコリと頭を下げてみせる。

「それじゃ、これからよろしく。駿先輩」

なんで苗字じゃなくて、下の名前なんだろう。そうは思ったものの、とりあえず「あんた」から「先輩」がついただけいいかもしれないと思ってしまう駿だった。

◆◆

最初に会ったときから、少し奇妙な生徒だとは思っていた。だが、高幡という少年は知れば知るほど不思議だった。

（いや、知るっていうほど、まだ知らないんだけど……）

駿が許可を与えてしまった日から、高幡は本当に遠慮なく美術室にやってくるようになった。水曜日の放課後は必ずここで彼と顔を合わせている。奇《く》しくも、その頃から庄田の塾通いの曜日が変更になって、駿は金曜日も自習室に行くことなく美術室で絵を描いている。

というわけで、月曜は庄田と一緒に自習室で勉強し、水曜と金曜の放課後は美術室で絵を描き、火曜と木曜は自分の塾に通うというのが一週間のサイクルになっていた。

「こんなところで本を読んでいて、退屈しないの？　塾とか行ってないの？　名前だけ置いている部活があれば、そっちへ行けばいいのに」

駿が言うと、高幡はいつものように肩を竦めてみせる。もう何度もここへ通っている彼の、その仕草もすっかり見慣れていた。

「部活なんか入ってないし、塾も行ってない。なんかそういうの、どうでもいいんだよね」

「狙っている大学とかないの？　親に何か言われない？」

「考えてないなぁ。それに、自分の将来と親は関係ないし……」

自分の将来と親は関係ないという言葉が駿の胸に小さく突き刺さり、チラッと高幡のほうを見た。彼はあまり自分のことを話さない。駿もあまり話しかけることはないが、ずっと二人きりで沈黙したままだとかえって息が詰まる。なので、当たり障りのないことを口にしたりすれば、それなりに返事はする。

それは、不思議な距離感だった。友人ではないし、同じクラブの仲間でもない。頼まれる形でこの場所を共有するようになったけれど、彼はべつに遠慮がちでもないし、駿のほうもそう鬱陶しく感じることもない。高幡は彼自身が言ったとおり、うるさくもしないし邪魔をするわけでもないのだ。

初めて見たときからどこか毛色の変わった少年だと思っていた。けれど、駿もまた人のことをとやかく言える身ではない。この学校でクラブ活動をやっていない連中は珍しくないけれど、一応はどこかに名前だけを置いていたりするのだ。

それさえせずに塾にも行かず、大学受験に関してもまったくヴィジョンというものがあるように思えない。どうしてこの高校に入ったのかその理由さえわからない、高幡はそういう少年だった。

「なぁ、あの先輩とまだつき合ってんの？」

その日は水曜日で、いつものように駿は放課後の美術室でキャンバスに向かっている。すでに下絵を終わり、今は絵の具を使いおおまかな色を置いていっているところだ。

高幡もまたいつものように椅子に跨る格好で背もたれに両肘をつき、さらにその上に自分の顎《あご》をのせてこちらを見ながらたずねる。彼はけっしておしゃべりな人間ではない。最初に約束したとおり、駿が絵を描くのに邪魔をすることなく、黙々と本を読んでいることも多い。

だが、ときおりふと思い出したようにキャンバスに向かう駿に話しかけてくる。そして、「あんた」呼ばわりはしなくなったとはいえ、相変わらずタメ口で飄々とした態度は変わらない。

「べつに、つき合うとかそんなんじゃないし……」

庄田とのことはあまり詮索されたくはなかった。というのも、駿自身がよくわからないでいるから。ある日、廊下でうっかりぶつかってしまっただけで、いきなり一緒に勉強しようと誘われて断れないまま今の状態になっている。

こんなことになるなら最初からきっぱりと断っておけばよかったと思うのだが、あの状況でそんなふうに強気の言葉が口にできるわけもなかった。

絵を描くこと以外で、駿には強い自己主張というものがない。それは幼少の頃からずっとそうだった。父親も母親もサラリーマンの家庭に生まれ育ち、自分の意思と努力で医者になった。開業までこぎつけるまでにはずいぶんと苦労があったことも聞いている。

そんな意思の強い両親の間に生まれた駿だが、比較的恵まれた環境で育ってきたせいか、もともとの性質なのか、人と競うことが得意ではない。命じられたことは人並みにこなせるし、勉強も嫌いではない。けれど、優秀な成績を取ったからといって得意な気持ちにもならない。人のできないことを成し遂げて、それを誇ろうという気持ちも希薄だ。

野心もないかわり、向上心もないのだろう。自分のような子どもがどうして両親の間に生まれてきたのか、ときどき不思議になることもあったが、親族の中にはきっとこういう人間もいて、その人の遺伝なのかもしれない。

子どもの頃は「親が褒めてくれる」から勉強をしていただけで、それが今は「親が安心する」から成績を落とさないようにしているだけ。周囲との人間関係も、クラスで浮かない程度誰とでも仲良くしていたけれど、高校に入ってからはそれもいよいよ必要最低限の努力しかしなくなった。

対人関係については苦手だと、はっきり意識している。だからこそ、あまり誰とも深くつき合うこともなく過ごしてきた。庄田のように校内でも目立った存在の上級生に声をかけられることなど考えてもいなかったし、今考えても不器用な自分があの誘いを拒むことはできなかったのは無理もないと思うのだ。

「この間の月曜日も一緒に自習室にいたじゃないか。俺、たまたま借りていた本を返しにいって、見かけたんだけど」

「ああ、まぁ、月曜日はそうだけど……」

駿が筆を動かしながらも曖昧《あいまい》に返事をすると、高幡は読みかけの本を閉じて背もたれに肘をのせ、さらには顎ものせたままの格好でこちらを見る。キャンバスに向かっていても横にいる彼の視線は感じていた。そして、彼が何を言いたいのかもなんとなくわかっていた。

「本当にそれだけ？　いやならいやって言えばいいのに」

案の定、高幡はそう言う。彼のように誰に対しても物怖《ものお》じしない人間にはわからないのだろう。でも、世の中には上手に「いやなこと」に「いや」と言えない人間がいるのだ。そして、駿はそういう意思の弱い人間だ。

「だって、せっかく親切に勉強を教えてくれているのに、迷惑だなんて言えないだろう。庄田先輩のおかげで、理系の成績が上がったのも事実だし……」

ずっと緊張しながら勉強しているが、それでも庄田の教え方がうまいのは本当なのだ。それに、彼がときには友人とのつき合いを断ってまで駿との勉強の時間を作ってくれているのも知っているし、可愛いと言ってくれた言葉も嘘ではないことはわかっているつもりだ。

ただ、後輩であること以上の何かを求められても困ってしまう。駿は庄田に対してそういう気持ちは抱《いだ》けない。庄田が先輩として魅力的な存在であることは認めるし、同性であっても「あんなふうになれたら」と憧れる部分がないわけではない。

それでも、駿には同性に対して憧れや友情を越えた特別な感情を抱くという感覚がよくわからない。そもそも対人関係が苦手な駿にとって、恋愛ごとに関してはさらに晩生《おくて》だと自覚している。中学のときも女の子からラブレターやバレンタインのチョコレートはもらっても、どうしたらいいのかわからずただ謝って断ることしかできなかったのだから。

「でも、そういう親切心だけじゃないだろ？　自分でもわかっているくせに……」

わかっていてもどうしようもない。気づいてないふりでやりすごすしかない。そうやって駿自身が自分をごまかしているのに、いちいち高幡に突っ込まれたくはない。素知らぬ顔をしておいてくれるのが一番ありがたいのだ。なので、駿はわざと素っ気《そけ》ない感じで答えた。

「考えすぎだよ。男同士だし、学校にいて何かあるわけないし。自習室にいれば、周囲には他の生徒もいるし……」

そこまで言ってから、アッと思って自分の口を閉じたが遅かった。ここでもまた高幡が肩を竦めてみせる。このときの意味は「ほら、自分でもわかっているんじゃないか」という意味だ。気まずさに駿は黙り込むしかなかった。

でも、黙ったままでいたらよけいに突っ込まれそうな気がして、他にも何か言い訳はないかと考えて適当なことを口にする。

「向こうは上級生の優等生で、父親は学校の理事だし……」

「そういうことって関係ないだろ」

苦し紛れの言葉を高幡は一蹴してしまうから、また駿は言葉を失う。

「あの人、どう見ても駿先輩に気があると思うけど。で、駿先輩はどうなんだよ？　ちょっとでもその気があるわけ？」

庄田のことをはっきりと断言され、駿の気持ちを確認されてただ唇を噛み締めていた。その沈黙が高幡を誤解させてしまったのか、彼は溜息交じりに席を立つと窓辺のほうへ行く。そこから校庭を見下ろして、やっぱり形ばかり活動している運動部の様子を見下ろして呟く。

「それならそれで、俺がとやかく言う筋合いじゃないけど……」

「あっ、ち、違うっ。違うんだ。そうじゃないっ」

駿が慌てて否定したら、高幡は窓辺で振り返りこちらを向く。

「結局、一緒にいたいの？　いたくないの？」

なんで一年生に庄田との関係を詰問されているのだろうと思いながらも、口ごもっていると高幡のほうから駿の考えを口にする。

「本当は一緒にいたくないいんだろう？」

駿はちょっと困ったように俯く。

「放課後は絵を描きたいだけだよ」

「だったら、正直に言えばいいのに。それ以上のことをされているのだって、いやならいやだってもっとはっきり言えばいいじゃないか。それでも、しつこいようなら担任に相談するとかさ」

できればとっくにしている。それでも、殴られたりカツアゲされているわけでもないし、今の状態を教師に説明するのもひどく難しい。閉鎖的な学校という社会の中で、教師や生徒の間で信望のある庄田のような優等生に逆らうのは利口なことではないのだ。庄田が執拗に体に触れてきて困ると、自分の口から言うなんてできやしない。あの優等生の庄田がそんな真似をするわけないとか、おまえの考えすぎだと笑い飛ばされたらそれまでのことで、かえって駿のほうが変な目で教師から見られるかもしれない。そんなことになって、これ以上学校が心地悪い場所になっても困るのだ。

そう説明してから、また弱腰だと呆《あき》れられるだろうかとうなだれていた駿だが、高幡は思いがけず理解のある言葉を呟いた。

「ああ、なるほどね。そういう可能性もあるかな……」

それを聞いて、駿が顔を上げた。自己主張の苦手な人間の気持ちなど理解してもらえないと思っていたら、意外にも物分りのいいところもみせる。わかってくれたなら、これ以上この件については触れずにそっとしておいてほしい。

「とにかく、そういうことだから。それに、庄田先輩だって夏休みが過ぎたら、僕になんかかまってられないよ。三年生は自分の受験のことでみんな精一杯だから」

それまでのことと割り切って、大人しく言いなりになっていればいい。だが、駿の説明を聞いて理解してくれたのかと思った高幡だが、やっぱり納得いかなかったようだ。

「でも、俺なら言うと思うけどね」

できる人はそれでいい。でも、それだけのことができない人間もいるということだ。きっと高幡のような意思が強くて真っ直ぐな考えの持ち主には、駿のような弱虫の考えは理解できないのだろう。

「どうせ、僕は弱虫だもの……」

ちょっと投げやりな気分で呟くと、高幡はなぜかこちら向かって歩いてくると駿の肩をつかんだ。いきなりのことでぎょっとして顔を上げると、彼はとても真剣な表情で駿を見ると言った。

「いや、それは違うと思う」

「え……っ？」

何が違うのかわからず聞き返す駿に対して、高幡は肩にかけた手を慌てて外すと小さく「ごめん」と謝った。べつに肩をつかまれるくらいかまわないが、どうやら彼自身無意識の行為だったらしい。そして、自分の言葉の意味を説明しようとして、珍しく口調がもたついていた。

「あっ、いや、だから、弱虫じゃないと思う。だって、なんて言うか、本当に弱虫なら学校にこなくなってんじゃないか？　俺みたいに」

「学校にこないって、どういうこと？」

高幡が説明した意味もまたわからず、駿は首を傾げたままポカンと彼の顔を見上げていた。キャンバスに置いた筆はそのままで、バーミリオンで描くはずの下書きの線が小さな絵の具の固まりを作っている。それでも、駿はじっと高幡を見ていると、やがて彼はちょっと気まずそうな顔になってまた椅子に戻っていく。

「あの、もしかして、中学のとき不登校だったの？」

駿が遠慮がちに確認してみる。だが、どう見ても苛めに遭っていたようには見えないし、よしんば理不尽な苛めに遭えば毅然《きぜん》と立ち向かいそうなタイプだ。すると、高幡はそうじゃないと首を横に振る。

「中学はほぼ皆勤賞だ。三年でちょっと怪我したときに休んだくらいかな」

「怪我……」

なんの怪我だったのか気になったが、高幡は自分のみっともない話をわざと茶化すかのようにいつもの肩を竦めるポーズとともに話す。

「不登校は高校に入ってから。俺、この高校に入ってから一ヶ月くらい登校してなかったからさ」

「そ、そうなの……?」

そういえば、それほどマンモス校でもないのに、彼の姿を駿が認識したのは新学期が始まって一ヶ月ほど過ぎた頃だった。高幡は一年にしては長身だし、態度は妙に落ち着いているし、目鼻立ちがくっきりとした目立つ顔立ちだ。

言葉に語弊があるかもしれないが、三年生の庄田は育ちのいい上品なきれいな少年だと思う。少年というにはもう十八で、美青年といったほうがいいのかもしれない。片や、高幡のほうはまだまだ少年らしさが残っている。でも、荒削りでも男らしさがある。駿のように心身ともにひ弱な人間にしてみれば、一つ年下の彼のどこか飄々とした態度が羨ましかったり眩《まぶ》しかったりする。

そんな彼がどうしてこの高校に入学してから不登校だったというのだろう。駿にはその理由がまったく想像できなかった。そして、その理由を聞いていいものかどうか戸惑いながら、言葉に詰まっていた。

「あの、えっと……、その……」

「俺が不登校だった理由を聞きたい？」

もしかして教えてもらえるのだろうか？　聞いたところでどうなるものでもないとわかっていても、駿にもいくばくかの好奇心はある。だが、そういう気持ちを察したのか高幡は、悪戯《いたずら》っぽい笑みを浮かべてみせたかと思うと肩透かしを喰らわせてくれた。

「いやだね。教えないよ」

「えっ、なんで……？」

なんとなくだが、秘密も打ち明けてもらえそうな雰囲気だと思ったのは駿だけだったらしい。だが、考えてみたら、二人はべつに親しい友人でもないのだ。ちょっと拍子抜けして高幡の顔を恨めしげに見ていると、そんな駿に向かって彼が言う。

「だってさ、つまらない理由だから。カッコ悪いのっていやじゃん。俺、けっこう見栄っ張りで、意地っ張りなんだよな」

「そんなにつまらない理由なの？」

「そう、馬鹿みたいな理由。だから、教えないよ。駿先輩に馬鹿だって思われたくないんだ」

どんな理由かわからないけれど、彼の表情を見ているとそんなふうには思えない。いつも飄々としていて、どんなときも誰に対しても堂々としているのに、なぜかこのときだけは彼の表情に悲しそうな影が差していた。

人の気持ちなど複雑すぎて、対人関係に鈍い駿が相手の顔色や心情を読むことなどできやしないことはわかっている。でも、絵を描くときだけは駿の感性はいくぶん研ぎ澄まされる。描いているとき、駿には人が見えていないものが見える気がする。人が感じていないものが感じられる気もするのだ。色のグラデーションがその物、その人の周りにはっきりと浮かび上がるのを見て、それが自分の手でスケッチになりキャンバスに一枚の絵として仕上がっていくのが楽しくて絵を描いている。

美術室にいてキャンバスに向かっている今の自分は、普段の愚鈍な自分とは少しだけ違う。目の前にいる下級生の何かに悩んでいるような様子がはっきりと手に取るようにわかった。だから、このときばかりははっきりと自分の意思が伝わるように告げた。

「あのさ、僕はそんなふうに思わないよ。君が僕のことを『弱虫』だと思わないって言ってくれたみたいに、僕だって君のことを『馬鹿』だなんて思わないよ」

「何、それ？　事情も知らずに同情とか？　それとも、とりあえず優等生ふうの慰め？」

わざと捻《ひね》くれたことを言っているのだろう。なんとなく強がっているのが見て取れた。

「どっちでもないよ。事情は知らないけど、単なる直感。でも、僕の直感ってわりとよく当たるんだ」

駿が筆をパレットに置いて、高幡のほうへ向き直りそう言った。本当は直感なんて嘘だ。人一倍カンが鈍くて、むしろそっちのほうに自信があるくらいだ。それなのに、なぜかこのときはきっぱりと断言してしまった。

自分でもよくわからないが、彼にはそんなことを言っても平気だった。一年生で年下だからというわけでなく、また美術室を間借りさせてやっているという自分の優位な立場からでもなく、なんとなく彼には自分の思いを戸惑いなく伝えることができる。

不思議だったけれど、高幡の遠慮のない言葉がいつの間にか駿の心の扉を開いてしまったのかもしれない。もちろん、その扉の奥にはもっと強固な鍵のかかった扉がいくつもあるのだが、高幡はそんなものさえ目に入っていないように言う。

「へぇ、そうか。まいったな。駿先輩って、けっこうおもしろいこと言うね。俺、なんか楽しくなってきたよ」

言葉どおり、彼は本当に楽しそうに笑っている。駿には彼の不登校の理由もわからないし、今の高幡の笑みの意味もわからない。なのに、高幡だけはこの状況を楽しんでいる。上級生に対してそれはやっぱり少し生意気な態度だと思う。なのに、なぜか憎めない気がするのだ。

(あんまりかかわり合いたくなかったのになぁ……)

最初はそう思っていた。庄田との件であれこれ詮索されたくなかったからだ。でも、すぐ横に座ってまた本を読み出した高幡の横顔を見ていると、文句を言うのもいまさらだった。

それより、気になっているのは、彼が不登校になった理由。でも、彼が言いたくないことを無理に聞き出すつもりもない。その日はそれ以上の会話もないまま、高幡はいつものようにクラブ活動の終わる少し前に教室を出ていく。

「じゃ、また明日」

そう言ってから、すぐにそうじゃないと訂正する。

「じゃなくて、今度は金曜日か」

放課後に美術室の鍵を渡されているのは駿なので、責任を持って教員室へ返しにいかなければならない。駿も手早く後片付けをすませると、いつものようにエプロンをイーゼルの先端部分に引っかけて、鞄を持って部屋を出る。

明日は塾があるから、授業のあとはすぐに学校を出る。でも、その翌日の金曜日にはまた高幡が美術室にやってくるのだろう。だから、「また、金曜日」と言って帰っていった。

(また、明日か……)

それは不思議な言葉だった。子どもの頃は、よく遊んだ近所の友達や小学校のクラスメイトにその言葉を言って別れた。なのに、高校になってからはその言葉を使ったことがない。駿にその言葉を投げかけてくれたのは、庄田と高幡くらいだ。

高幡は最初にこの場所を共有していいかとたずねたとき、ちゃんと約束していた。駿の邪魔をしたり迷惑をかけたりはしないという他に、駿のいない日はこないという約束。だいたい駿が美術室の鍵を持ってきて先に絵を描きはじめているのだが、前に一度彼のほうが先に美術室にきていたことがあった。こういうと悪いのだけれど、あのときの高幡はまるで飼い主が戻ってくるのを待っている犬のようで、駿の顔を見るなり人懐っこい笑顔を見せた。

自分だけに向けられる笑顔などなかったとは言わない。庄田だって駿と会うたびに、優しい笑みで自分を見ているし、自習室での勉強のあと一緒に駅まで歩くときも自分が車道側を歩いて駿をさりげなく守ってくれる。

でも、高幡の笑みは何かが違っていて、駿の心をくすぐったい気分にさせる。それは、庄田と一緒にいるときのような緊張感ではなくて、むしろ正反対の感情だった。

（なんでだろう……？）

そして、美術室に入ればいつも駿の絵を眺められる場所に椅子を置き、文庫本を片手にして黙々と読書を続けている。これまで絵を描くときはずっと一人だった。よく知りもしない人間がそばにいれば落ち着かないかと思ったが、高幡がそばにいてもそれほど気にならない。

彼と一緒にいるとき、駿は自分が何も取り繕うことない自分のままでいられるような気がするのだ。どこまでも自然体の彼の姿を見ていて影響されたのだろうか。もしそうだとしたら、自分も彼みたいにいやなものにはいやとはっきり言える性格になれればいいのにと思った。

「へぇ、よく頑張ったんだね」

「先輩に教わっていたところから出たので、運がよかったんです」

先日、塾で行われたクラス内の模擬試験で、駿は数学で一番を取った。その週の月曜日に庄田と自習室で勉強していて、類似問題をいくつかやったばかりだった。だから、本当に運がよかったのだと思う。それでも、庄田は駿の実力がついてきたからだと褒めてくれた。

近頃は月曜日だけだが、相変わらず駿は庄田と一緒に勉強をしている。一度は美術室で怪しげな雰囲気になり、駿がすっかり怖気づいてしまったため、庄田も近頃はそういう真似はしないでくれている。

肩に手を回したり、膝を軽く叩いたりはあっても、それ以上のことはないので駿も安心していられる。そうやって一緒に勉強して、駅まで一緒に帰り、「また、明日」と別れるとき、あらためて庄田が優しくていい先輩なのだと思う。

ひょんなきっかけで声をかけられて、よくわからないままに一緒に勉強するようになったけれど、考えてみたらこんなふうに無条件に誰かから可愛がられるようなことはなかったと思う。少なくとも、親以外からはなかっただろう。

でも、それは駿がわざとそういう状況を避けていたせいもある。小学校の高学年に上がる頃だった。新任の若い女性教師がずいぶんと駿のことを可愛がってくれたことがある。小学校の高学年くらいになると、教師に反抗的な態度を取るような生徒も出てくる。

そんな中、悪ガキどもに手を焼いていたこともあり、その教師は素直な駿のことをあからさまに贔屓《ひいき》して可愛がるようになった。結果、それで駿がクラスの男の子たちから仲間外れにされることになり、学校でも問題になった。

『女みたいな顔してるから、贔屓されてんだよな』

『女子からもカワイイ、カワイイって言われて、いい気になってるしな』

顔が女の子っぽいのは母親に似たからだが、それは仕方のないことだ。それに、その女性教師に駿が媚びたわけではない。彼女が勝手に大人しい駿を気に入っていただけだ。もちろん、周囲もそれはわかっていたが、いくら生意気でも小学生が教師に面と向かって文句を言えるわけでもない。不満の矛先《ほこさき》は贔屓されている駿に向くのは当然の成り行きだった。

あのときは両親も出てきて校長や教頭とも話をし、新しい学期から別の教師がクラスを担当するということで強引に問題を解決した。だが、駿は教訓として、自分を可愛がる人からは距離を置くことを覚えた。中学時代は特にそれに気遣っていたおかげで、ひどい苛めを受けることもなくやり過ごすことができた。

だから、高校二年になっていきなり庄田に可愛がられるようになったときも、そっちの意味での警戒心が強かった。上級生に可愛がられているからっていい気になっているなどと、陰口を叩かれたりしたらいやだと思った。だが、実際はそんなこともなく、ただ庄田は面倒見のよさでまた評判を上げ、駿は相変わらずおとなしすぎる地味な生徒でしかない。

このままの距離でいるなら、庄田と一緒にいることもそれほどいやではない。最近はそんなふうに思うようになっていた。

（高幡くんの影響もあるのかなぁ……）

庄田にテストの結果について報告し、図書室のロビーでいつものように休憩しながら話していたとき、駿はふとそんなことを思った。高幡と話していると、なんだか小さなことでうじうじと悩んでいる自分がおかしくなるときがある。

特に親しい友達もいないみたいだし、何か事情があって登校拒否もしていたというが、それでも彼はそんなことなどどうでもいいと思っているみたいに飄々としている。あんなふうに誰のことも気にしないくらい強くはなれないけれど、駿も少しくらいは自分の意思をはっきり言えるようになれればいい。

その高幡も、近頃は駿と庄田のことについてはあまりしつこく問わなくなっていた。駿がそれでいいなら、自分が口を挟むことでもないと思ったのだろう。

「ところで、絵は描いているの？」

「水曜と金曜の放課後だけ。夏休みに入ると描けなくなるから……」

「ああ、二年の夏は受験対策の夏期講習があるからな。医学部狙いだと大変そうだな」

庄田の言葉に駿は曖昧に頷く。確かに、夏休みは塾で医学部対策の特別講習がある。でも、絵を描けない理由はそれだけじゃない。それに、医学部受験についてもまだ駿の中では迷いがあるのだ。

「また時間があれば駿の絵を見にいきたいけど、相変わらず部員は一人っきり？」

その言葉にハッとしたのは、あのときのことを思い出したから。すると、駿の頬が引きつっているのに気づいたのか、庄田が苦笑を漏らす。

「もうあんなことはしないよ。純粋に駿の絵を見たいだけだから」

「あっ、そ、そういうつもりじゃなくて……」

庄田のほうからそう言われると、自分が悪いわけでもないのになんだか恐縮してしまう。今になってみれば、あれは単に自分が警戒しすぎてしまっただけのような気もしていた。本当に庄田にはそんなつもりはなくて、駿が逃げ腰でいたせいでつい苛立ちからあんなふうに振舞ってしまったのではないだろうか。

ここのところ一緒にいても当初気になっていたスキンシップも少なくなっていたし、時間とともにあのときの恐怖は薄れ、庄田と一緒にいることにも以前ほどの心地悪さを感じなくなっていた。

だからといって、庄田が美術室にやってくるのはあまり歓迎できない。というのも、またあんなことがあったらと警戒しているというより、今は駿が一人で絵を描いているわけではないからだ。水曜と金曜の放課後、駿が絵を描いている横で高幡が一緒いる。本を読んだり、イヤホンで音楽を聴いていたり、好き勝手なことをしているが、ときには駿とたわいもない話もする。

それだけのことだが、きっと庄田と高幡は顔を合わせないほうがいいと思うのだ。カフェテリアでの一件以来二人の接点はないと思うが、高幡が庄田に対して好意的ではないように、庄田もまた高幡のことは生意気で不愉快な下級生だと思っているのだろう。そんな二人をわざわざ鉢合わせさせていいことなどない。

「僕の絵なんてつまらないと思うけど、よかったら見にきてください」

なんとなくお茶を濁すように言うと、庄田は笑って頷く。でも、本当に庄田が見にくるようなことがあれば、高幡に一言連絡したほうがいいかもしれない。きっと高幡だって庄田のいる場所ではいつものようにのんびりもできないだろう。

そういえば、駿は高幡の連絡先も知らない。この学校では学年ごとにフロアが違っていて、一年が一階で学年が上がるごとにフロアも上がっていく。違う学年同士で交流のある連中も、わざわざ互いのフロアを行き来するより、近頃は携帯電話のメールで連絡し合っている。庄田と駿もそうだ。だが、駿は高幡の連絡先を知らないし、自分のアドレスも教えていなかった。

　それに、駿と一緒に美術室で過ごしていない曜日は、彼はどこで何をしているのだろう。真面目に塾に通っているようにも見えないし、そもそも勉強に熱心とも思えない。一年のわりに庄田と変わらない長身だが、何かスポーツでもしていたのだろうか。でも、この高校では運動部はどれも健康管理程度にしか活動していない。美術室にいるとき、ときおりぼんやりと窓から校庭を見下ろして運動部の様子を眺めていたりするけれど、自分がやる気はなさそうだ。

　そうやって考えると、高幡というのはこの学校で本当に珍しいタイプの生徒だと思う。なぜこの学校を受験したのだろう。彼は将来何になりたいのだろう。

　庄田と自習室に戻るとき、駿は何気なく読書室を見る。もしかして高幡がいるかもしれないと思ったが、そこに彼の姿はない。

（今日はどこで何をしているんだろう……？）

　よけいな心配だとわかっている。でも、なんだか気になってしまう。駿はときどき自分の部屋のベランダにやってくる小鳥を見る。羽を休めるのにちょうどいい場所にプランターがあって、街に生息する野鳥のちょっとした休息場所になっているらしい。

　なので、駿はときどきペットショップで買ってきた小さなバードケーキを置いておいたりする。それを食べている野鳥たちを部屋の中から見るとちょっとだけ安堵する。雨の日や寒い冬は特にそうだ。自分が面倒をみないと生きていけないわけじゃないだろうが、少しでも満たされた状態で厳しい気候を乗り越えてほしいと思うのだ。

今の駿が高幡のことを考えている気持ちは、野鳥たちを案じるそれにちょっと似ているようで、内心苦笑が漏れてしまった。

庄田のおかげで成績は上がった。なのに、その週末の夕食のあと、両親は駿の塾を増やしたほうがいいんじゃないかと言い出した。できることなら現役合格してほしい気持ちはわかる。母親は一浪で、父親は二浪してそれぞれ違う大学の医学部に入っている。自分たちと同じ苦労を味わわせたくないからこそ、今やれることを精一杯やっておけば、少しでもあとで楽だろうと思っているのだ。もちろん、気持ちはわかる。駿がもし本気で医学部を狙っているのなら、なんの疑問もなく親の言うとおりにしていたと思う。

でも、駿の中の迷いはずっと心の中にくすぶっていて、未《いま》だに自分が医者になる決心がついていない。そして、その迷いを未だに両親に話すことができないでいるのだ。

まだ二年の夏休み前だから、今はまだこのままでいいと駿は言った。その代わり、夏休みが終わり二学期になったらあらためてそのことも考えると約束した。正直、問題を先送りしただけのことだ。

「遊びたい盛りなのはわかるが、とりあえず恋愛も大学に入ってからだ。今が人生の最初の正念場のようなものだからな」

「今頑張ってあとで楽をするのと、今怠けてあとで泣きを見るのとじゃ、人生が大きく違ってくるんだから。とにかく、今は勉強に集中することね」

父親の言葉も母親の言葉も間違ってはいない。でも、それもやっぱり医者という目標があっての話だ。両親が忙しいときや二人がそれぞれ学会で地方や海外に出かけるときは一緒に食事ができず、通いの家政婦さんが作った夕食を一人で食べることも多々ある。

週末でも三人が揃《そろ》って夕食を食べるのは一ヶ月に一度くらいだ。その数少ない家族団らんの場でも、必然的に話題は駿の勉強と医学部受験のことになってしまう。これではとうてい自分の考えていることを口にできる雰囲気ではなかった。

そして、週が明けて月曜日は自習室で、火曜日は塾で放課後を過ごし、やっと絵の描ける水曜日がやってきた。下絵もほぼ終わって色をのせて描き込みをはじめていたが、春の穏やかな風景と違い気持ちは沈みがちだった。

結局、自分の本当の思いを訴えることもしないまま、両親によって敷かれたレールの上を黙って歩いていくしかできないのだろうか。だとしたら、そんな自分が自分で本当に不甲斐なくて、情けなくて、どうしようもない気分になる。

「あのさ、なんかあった？」

美術室でいつものようにキャンバスに向かっている駿は、よほど暗い表情をしていたのだろう。隣でイヤホンを使って音楽を聴きながらバイクの雑誌を読んでいた高幡が、さっきからチラチラとこちらを見ているのはわかっていたが、ついに我慢できなくなったように聞いてきた。

「な、なんかって？　べつに何もないよ」

ごまかすしかない駿だが、高幡のほうはそういうごまかしを受け流すような性格ではない。

「何か悩み事？　さっきから全然筆が進んでないし、溜息ばかりついてるし、ずっと俯きがちだしね」

彼のカンが鋭いという以上に、駿自身がごまかす術《すべ》を知らないだけなのだろう。でも、落ち込んでいる理由を話すわけにはいかなかった。これはあくまでも駿自身の問題だ。

「もしかして、また庄田って先輩に何かされたんじゃないの？」

高幡は少し考えて、ハッと思いついたようにそのことを口にした。以前にああいう場面を見ているから勘ぐられても無理はないが、今回はそうじゃない。

「それはないよ。月曜日も数学を教えてもらっただけだし……」

そういう意味では本当に何もなかった。駿のきっぱりした口調に高幡もその疑いはすぐに捨てたようだ。だが、他に思いつくこともないのか少し頭を捻っていた。

「じゃ、勉強のこと？　成績が落ちたとか？　なんにしても絶対、何かあっただろう。その顔見てれば、丸わかりだよ」

「だから、べつにたいしたことじゃないし……」

消え入るような声でそう言えば、たいしたことだと言っているも同然だった。そんな駿に対して、いろいろと言いたいことはあるのかもしれないが、少しばかり考え込んでいた高幡はようやく言葉を選んで言った。

「あのさ、なんでそんなふうに自分の中で溜め込んじまうのかな？」

イヤホンを外して肩にかけ、乱れてもいない短めのストレートヘアを乱暴に手で撫でたかと思うと、どこか呆れたような態度をみせる。呆れながらも苛立っている。苛立ちとともに何かに腹を立てているようにも見えた。

けれど、そんなふうに問われても困るのだ。将来のことは駿自身も高校に上がったときからずっと悩み続けていたことで、誰にも相談できないまま二年に進級してしまった。たびたび提出させられる進路希望の用紙には、きまって親の意向どおり、K大学医学部、T大学医学部とそれぞれ両親の母校の名前を書いてきた。

医者になろうという信念も大きな志もないまま、己を偽り続けている。でも、これが偽りなのかと言われれば、それもよくわからない。誰だってなりたい職業に就けるわけではない。まして、絵を描いて生きていくなんて、夢を見るのもほどほどにしろと言われても仕方ない。

きっとこの学校に進学した生徒の中にも、自分の夢と現実のギャップに悩んだあげく、より間違いのない道を選択して学業に励んでいる者もいるだろう。

こんな青臭い悩みごとを口にすれば、大人はたいていうまい言葉を見つけてくる。

『まずは自分の足場を固めてから、存分にやりたいことをやればいい。今は人生も長いんだから』

『好きなことほど仕事にしたら辛《つら》いもんさ。趣味でやっているから楽しいんだよ』

『人並みの生活を築いてこそ、人生に自由が生まれるんだ。そうでなけりゃ、それはただのわがままだ』

どれも正論で、未熟な十代が言い返せる言葉などない。言い返したとしても、それは駄々っ子が床に寝転がってごねているとしか思われないのだ。

もう駄々っ子のようにごねることもできない年齢になった。けれど、自分の意思とはちがう決められた道に納得もできない。そんな狭間《はざま》にいて駿はときに息が詰まりそうになってしまう。

駿の気持ちなど知らない高幡は、いよいよわけがわからないという様子で首を傾げ、胸の前で腕を組んでいる。そんな高幡の様子を見ていると、はっきりしない自分を責められて、あげくには笑われているような気になって、理不尽じゃないかという身勝手な不満が込み上げてきた。

「あのさ、僕のことをどう思ってもいいけど、勝手にイライラしたり呆れたりして、それをいちいち言われても困るんだけど。ここは美術室で、放課後は美術部員の活動の場所だから、気に入らないならこなければいいと思うよ」

それを言われると高幡も返す言葉がないのはわかっている。だからこそ、あえてそう言ってやったのだ。意地の悪いことを言っているとわかっていても、このときは自分の言葉を呑み込むことができなかった。

そもそも、彼がここへくるにあたっては、絵を描く駿の邪魔はしないという約束だったはずだ。それなのに、自分の気持ちを納得させるために駿に答えを求めるのはルール違反だと思う。おかげで駿はさっきから全然筆が進んでいないし、すっかり絵を描く気分ではなくなっている。

しばらく二人の間で沈黙が続いた。そして、高幡が自分の感情を抑えながらたずねる。

「駿先輩って、本当は何がやりたいわけ？　やりたいことがあるなら、いやなことを我慢してまで学校にくる意味ってあるのか？」

これまでもけっこう駿にとっては耳が痛い言葉を吐くことがあったが、今回の高幡の言葉はいつも以上に遠慮がなかった。それは、まるで駿が不登校になる勇気さえないと言われているような気がしたからだ。さすがにカチンときた駿は、パレットを自分の膝に叩きつけるように置いて言った。

「君は何も知らないから、そういうことが言えるんだよ。誰にだって厄介な事情くらいあるよ。なんでもかんでも人に相談できるわけでもないし、だからといって自分だけで解決できるわけでもないし、そういうのってわからないかもしれないけど……」

「わからないけど、わかるかもしれないだろっ」

さっきまで無理にでも自分の感情を抑えていたのに、いきなりそのタガが外れたように怒鳴る高幡の態度に駿がビクリと体を硬直させる。

いつもは穏やかでのんびりとしている美術室の空気が、今日はピリピリと緊張感で張り詰めている。どうして自分が唯一リラックスできるはずの場所で、こんなことになっているのだろう。やっぱり、高幡をここに招き入れたのがよくなかったのだろうか。

強張《こわば》った表情で後悔している駿を見て、高幡は途端に気まずそうになって小声で詫《わ》びを言う。

「あの、ごめん……。怒鳴るつもりじゃなくてさ。なんて言うか、そんなつもりじゃなかったんだ。本当にごめん……」

それは、美術室を使えなくなると困るから駿に媚びているわけではない。本当に怒鳴ってしまった自分の気の短さを恥じているとわかる。彼が急に弱気になった理由は、駿が今にも泣きそうになっていることに気づいたからだろう。

駿は絶対に泣くまいと唇を噛《か》み締めると、大きく深呼吸を一つした。心を無理にでも落ち

着かせてみれば悪いのは彼ばかりではないと思えた。そもそもはっきりと意思を伝えることができない自分も悪いのだ。それができないなら、最初からきちんとなんでもない素振りをすればよかっただけのこと。それができなかった弱い自分がいけないのだ。

「謝らないでよ。高幡くんのせいじゃないし……」

駿は首を横に振って言う。でも、心の中は複雑だった。

どこまでも優柔不断な自分に対して、高幡はあまりにも真っ正直に自分の考えをぶつけてくる。誰もがそんなふうに強くなれないということが、強い彼には理解できないのかもしれない。でも、本当にそうだろうかと思うときもある。

というもの、高幡がときおり見せる寂しげとも悲しげともいえない表情があって、彼が何か心に抱えているような気がするのだ。そのとき、ふと彼が不登校だったということを思い出す。

駿はどんなに学校がつまらない場所でも、絵を描けるかぎりここへくるほうがいい。なのに、高幡はいやなことがあれば学校なんか通う意味がないと思っているみたいだった。

彼は駿の事情を知らないが、駿もまた彼のことを何も知らない。そう思ったとき、駿は自らの口で自分の抱える問題を高幡に向かって話しはじめていた。

「本当は学校にきたくないときもあるよ。でも、僕にはここしかないんだ。だって、家じゃ絵が描けないから……」

「え……っ？」

駿の呟きに高幡がちょっと驚いてこちらを凝視する。いきなり駿が自分の心に秘めていたものを語り出したことに、困惑の表情が隠せないようだった。高幡にしてみれば、そこまで探るつもりはなかったというように急に及び腰になっている。でも、このときの駿は自分の言葉を止めることができなかった。

自分の中でずっと言いたくても言えないことが渦巻いていた。それが一度堰《せき》を切ってしまえば、まるで水道の蛇口が壊れてしまったかのように言葉が次から次へとこぼれ落ちてくる。今言わなければ一生言えないような気がして、相手が高幡だということも忘れて話し続ける。

「僕の両親はどちらも医者なんだよ。だから、ずっと小さい頃から医学部を受験するように言われているし、それ以外の道なんてないといい聞かされてきたし、自分でもそうしなきゃならないって思っていたんだけど……」

高幡にしてみればいきなり何を言い出すんだろうと、目を丸くしていた。それでも、駿の必死な形相《ぎょうそう》を見れば彼の好奇心もくすぐられたのか黙って耳を傾けている。そして、駿はもう一度大きく深呼吸をしてから、家庭の事情と自分の気持ちをまるでキャンバスに絵の具をぶちまけるように話した。

学校なんて好きじゃなくても、庄田のことで悩んでいても、駿は家に引きこもることはできない。不登校になる勇気もないのではなくて、それは駿にとって何一ついいことではないだけのこと。そんなことより、少しくらいわずらわしいことがあっても学校にくるのは、美術室で絵を描くためだ。

医者になってほしいという両親の気持ちも理解できるが、でもそれは駿の望みではない。できれば好きな絵を描いていたい。もちろん、それで食べていくのは難しいとわかっていても、少なくとも医者は自分に向いているとは思えない。

自分が夢中になれるものは、この歳になるまで絵しかなかった。他に取り柄もないし、強い意思もない。争ったり競ったりすることは苦手で、強く自己主張することもしたくない。そんな駿でも唯一絵に対してだけは切り捨てることのできない思いがある。そして、そんな駿の絵に対する思いを、他人からとやかく言われたくはないという意地だけはあった。

それは、「将来に役立つこともない絵なんか描くな」と言われたくないという気持ちだけではない。最初から絵を趣味だと決めつけられることにも反発を覚えるのだ。

実際、駿の絵など子どもの落書きだと言われたらそうかもしれない。けれど、趣味だから適当に描いて満足していればいいと言われたら、そんなつもりで筆を握ってはいないと言い返したくなる。絵を描くことは駿にとってとても大切なことで、これを取ってしまったらもう何も残らなくなってしまう。自分が自分でなくなってしまうくらい大きな意味を持つことなのだ。

ずっと遠い将来、親の言うとおり医者になっていたとしたら今の自分を思い出して、遅れてきた反抗期の悪あがきだったと苦笑を漏らすだろうか。そうかもしれないけれど、今はやっぱり迷っているし、思いどおりにできない自分が歯がゆくて悔しい。そんな気持ちを込めて、すべてを話し終えた駿は目の前のキャンバスを見つめながら最後につけ加えた。

「ときどき、学校なんてどうでもよくなるよ。でも、僕にとって学校はそれだけの場所じゃない。君にはわからないかもしれないけど、ここにきて絵を描けるだけで僕にはとても大切な時間であり、場所なんだ」

それがずっと駿の胸の中にある気持ち。全部吐き出してしまえば、まるで憑《つ》き物が落ちたように肩が楽になるのを感じていた。

そして、ふぅっと軽くなった肩で息をしてから思い出したように隣にいる高幡のほうを見た。高幡はしばらくの間言葉を失っていたようだ。だが、やがて座っていた椅子から立ち上がったかと思うと、駿のほうを見てペコリと頭を下げると小さな声で呟いた。

「ごめん……」

一瞬、駿は自分の耳を疑った。自分の勝手な思いの丈をぶつけて、返ってきた言葉がなぜそれなのだろう。

「えっ、な、なんで君が謝るの……？」

本当に謝られた意味がわからない。だが、高幡は真面目な顔でもう一度謝る。

「駿先輩のこと、何も知らないのによけいなこと言った。誰だってどうにもならないことがあるってわかっているつもりだったのに、そんなことも忘れていたみたいだ。俺、やっぱり馬鹿なのかもしれない」

本当に情けなさそうにうなだれた高幡は、駿よりもずっと長身のはずなのに今は妙に小さく見えた。でも、そんなに恐縮されてしまったら、ものすごく勢いづいて話した自分のほうが気恥ずかしくなる。

「あ、あの、やめてよ。謝らないでよ」

駿はいよいよ消え入りそうな声でそう言った。それでも、高幡はまだ俯いたままだ。

「僕のほうこそごめん。ちょっとムキになってしまったみたいで、ものすごく恥ずかしいんだけど。なんかいろいろうまくいかないことってあるけど、その半分以上は結局自分のせいなのかなって思うと情けなくなっちゃって、つい……」

それで、不甲斐なさを指摘するような高幡の言葉が、よけいに駿の心に突き刺さってしまったのだろう。でも、それで彼に当り散らすように自分の事情をぶつけていいわけではない。

そう思って駿のほうも高幡に詫びるけれど、彼は何か深く思い悩んでいるようで、ぶつぶつと小声で呟いている。

「半分以上は自分のせいか。そうなのかもしれない。きっとそうなんだよな……」

庄田とのことがあって、彼が年上に対しても納得できなければちょっと不遜な態度を取る生意気な人間だと思っていた。でも、今日の素直な高幡もまた彼で、案外こっちが本来の彼なのかもしれないと思った。生意気そうに見えて、でもそこに彼の何があるわけでもなくて、駿と同じように人には説明できないいろいろな気持ちを抱えているだけなのかもしれない。

駿がそれをついぶちまけてしまったように、いつかは高幡がそれを駿に向かってぶちまけたりするのだろうか。そんなときがくるのかどうかわからない。でも、駿はいずれそんなふうに彼の考えていることも聞けたらいいと、なんとなくだが思うのだった。

◆◆

すでに六月に入り、制服も夏服に変わって二週間が過ぎていた。紺色のブレザーにグレイのパンツスタイルに学年ごとに違ったカラーのネクタイという冬服から、夏は半袖《はんそで》の白シャツにネクタイのスタイルで、紺色のサマーニットのベストを着用する生徒が多い。

梅雨《つゆ》入りのニュースは聞いたけれど、それほど雨続きでもない。暑すぎず、梅雨寒もなく過ごしやすい日々が続いている。

庄田との自習室の勉強は続けているが、彼も塾の模試などがあって忙しいようだ。おかげで美術室にやってくることはなくて、駿にとってとりあえずよけいな気配りをする必要もなく助かっている。

そんな金曜日の放課後、いつものように美術室で絵を描いている横で高幡がバイクの雑誌を読んでいた。特に注意して見ているわけではないが、彼はかなり乱読のようで同じ週の水曜と金曜ではまったく違うジャンルの本を読んでいたりした。でも、最近はバイクの雑誌を見ていることが多いような気がする。

「バイク、好きなの？」

山の麓《ふもと》あたりの集落を細い筆で描いていた駿は、キャンバスから視線を外すことなく高幡に聞く。すると、彼はその質問を待っていたように答える。

「俺、五月で十六になってるし、夏休みにはバイクの免許を取りにいくつもり」

好きかと聞いただけなのに、思いがけない答えが返ってきて、駿は筆を止めて高幡の顔を凝視する。

「本気なの？　校則では禁止されているはずだけど……」

だが、それほどチェックが厳しくないのは、進学校で誰もが受験を第一に考えているため、あえて危険なバイクの免許を取りにいく生徒などいないからだ。そんな緩い監視の目など気にすることもなく、高幡は屈託なく駿にそのことを打ち明けたが、彼の親は認めているのだろうか。学校の目はごまかせても、親の目のほうが厳しいと思いたずねたら、全然平気だと笑い飛ばす。

「うちは放任主義だから。なんでも自己責任でやれって言われてるし」

高校に入学して一ヶ月も不登校だったときも何も言われなかったようだし、放任というのは本当なのだろう。

「バイクって危なそうだけど、大丈夫?」

「俺、こう見えて運動神経はいいから」

そうはそうだと思う。長身で細身だが、思いのほかたくましい筋肉がついているのは夏の制服になってシャツから出ている二の腕とかを見ればわかる。初めて見たときも、かなりの遠方から見事なコントロールでゴミ箱に紙パックを投げ入れていた。ああいう真似も、やっぱり運動神経がよくないと無理だと思う。

「風を切って走るのって気持ちいいんだよな。やっぱり、あの感覚は忘れられない」

高幡の言葉で彼がバイクで走った経験があるのだろうかと思った。免許はなくても、誰かの運転する後ろに乗せてもらったときの経験が忘れられないということかもしれない。ところが、そうじゃないと高幡は首を横に振る。

「じゃ、どうして知ってるの?」

「そんなの、自分で走ってもわかるだろ。本当はバイクより自分で走ったほうが気持ちいいんだけどさ」

「自分で走る?」

「そう。自分の足で走るんだ。どんどん加速して、自分のトップスピードになると、そのうち耳元で風の音が変わって景色が流れていくのがわかって、それで……」

そこまで言って、高幡は急に言葉を切った。どうしたのだろうと思って、駿が視線をキャンバスから横に向けると、高幡は自分の足元をじっと見つめている。

なんだか声がかけにくいくらい真剣な表情になっていて、駿が戸惑っているといきなり高幡が笑顔で顔を上げた。

「まっ、そういう感じで、昔からスピードの出るものは好きなんだ。だから、今年の夏休みはバイクの免許ってこと」

そんなふうに会話を終わらせると、高幡は話題を駿の夏休みの予定に変える。

「僕は塾かな……」

親の希望どおり、夏休みは医学部受験コースの夏期講習を受ける予定になっている。でも、そんな駿の言葉を聞いて、なぜか高幡のほうが残念そうな表情になっている。

「あのさ、まだ言わないつもり？」

もちろん、その言葉の意味はわかっている。この間、駿は自分が抱えている問題を高幡に向かってぶちまけてしまった。駿の希望はどの大学の医学部でもなく、美術大学か芸術大学の絵画科だ。

「言うのが遅くなればなるほど、言い出しにくくなると思うよ。もちろん、一度で納得してもらうのは無理だろうけど、まずは話さないと何も始まらなくないか？」

「う……ん」

それはわかっているけれど、言い出すきっかけがつかめないでいるのだ。

（ううん、本当は違うんだ）

本当は親を説得する自信がないだけじゃない。それをするための自分自身の情熱を疑っている。絵なんかで将来食べていけないだろうと言われたら、返す言葉もない。医者として働きながら趣味で絵を描くだけで何が不満なのだと言われても、それもそうだと頷くしかない。医者になりたくないというのも、わがままだとか逃げだと言われるかもしれない。要するに、駿は自分の考えが揺るぎないものとして、親に訴える自信がないのだ。もっと言えば、そんな息子は息子と思わないと言われたら、それこそ絵を描くどころではなくなってしまうのが怖い。

未成年の自分は生活のすべてを親に依存している。絵の具一つ買うのだって、親からもらった小遣いなのだ。その現実を無視して、自分のやりたいことを訴えてもいいのだろうか。

そうして、結局は自分のずるさにたどりつく。親の言うとおりにしていれば、それは安全で間違いのない道だとわかっている。それを全部投げ出してでも、自分の責任で自分の道を選び進む自信がないだけ。

駿が思わず大きな溜息を漏らしたら、隣の高幡も同じように溜息を漏らしてみせる。

「本当に人間って悩みも様々だな。誰でもなりたい自分になれるわけじゃないけど、試してみるのも駄目だって言われたらきっと辛いと思うよ」

高幡は駿の悩ましい状態をある程度理解してくれているから、そんな同情の言葉を口にする。有り難いけれど、それで慰められるかといえば、やっぱり自分のずるさをわかっているだけに唇を噛み締めるしかなくなるのだ。

そのとき、駿はふと思い立って筆をパレットの横の筆立てに置き、高幡のほうを向いてたずねる。

「ねぇ、高幡くんは将来何になりたいの？　大学はどうするつもり？　志望大学とか、本当に考えてないの？」

以前何気なくたずねたとき、狙っている大学なんかないと言っていた。また、親にそれについて何か言われることもないと話していた。彼の両親が放任なのはなんとなくわかったが、こんな進学校に入っておいて大学受験のことなど考えていないというのも奇妙な話だ。

「だったら、どうしてこの高校に入ったの？　他にやりたいことがあるなら、別の選択があったんじゃないの？」

それはとても自然な疑問だった。きっと駿でなくても、疑問に思うだろう。それと同時に、あのとき彼が言った「自分の将来と親は関係ない」という言葉が、やっぱり今でも胸に残っている。

そんなふうにきっぱりと言える彼の将来の夢はなんなのだろう。駿が自分の夢を語ったからというわけではないが、こうして一緒に放課後を過ごすようになってしばらく経つのだから、少しは彼のことを聞いてもいいような気がしていたのだ。

しばらく駿が高幡のことを見ていると、彼は適当にごまかそうかどうしようかと迷っている様子をみせる。ごまかされて話題を変えられたら、それはそれでもいい。まだ彼は駿にそんな話をする気持ちにはなっていないというだけのこと。

考えてみたら、自分たちはまだ友達でもなんでもない。放課後をともに美術室で過ごしている、この学校の変わり者とはみ出し者というだけ。

駿が諦めてまた筆に手を伸ばそうとしたときだった。高幡が読んでいたバイク雑誌を閉じて、こちらを見るとまだちょっと迷った表情で話しはじめる。

「俺がこの高校に入ったのは……」

そこまで言ってから、一度言葉を止めて続ける。

「なんていうか、成り行きというか、偶然というか……」

話し出したわりには釈然としない説明だった。でも、ここは偏差値も高いほうだし、成り行きや偶然で入れる高校ではないと思う。

「もちろん、勉強はしたけどね。でも、それは他にすることがなくなっちまったからでさ」

「他にすることって？」

そこでまた高幡は口ごもる。そのとき、それが彼の不登校に何かかかわっているのではないかと思った。特別な理由はないけれど、この学校にいても居場所もやることも見つけられないでいるのは、その「他にすること」をなくしたままだからではないだろうか。

「あ、あの、言いたくないなら言わなくても……」

なんだか彼の人に知られたくない秘密を暴くようで、駿がそう言ったときだった。高幡はいつもの肩を竦めてみせるポーズを取る。今日のそれは、これまでのどれとも違い「こんなの、たいしたことじゃない」と自分自身を励ましているかのように見えた。

そして、事実そのとおりの言葉を口にする。

「たいしたことじゃないさ。言っただろ。中学三年のとき怪我をしたって。それで、俺は走れなくなっただけ……」

「え……っ、走れなくって……？」

駿は聞き返したまま、じっと高幡の横顔を見つめる。彼は駿から視線を逸らしたかと思うと、自分の右膝を見つめている。そこに手を当てて軽く撫でるような仕草をすると、彼は自ら「たいしたことじゃない」と言い、この学校に入学した理由を話しはじめるのだった。

「どんどん加速して、自分のトップスピードになると、そのうち耳元で風の音が変わって景色が流れていくのがわかって、それで自分の中で何かが込み上げてくるんだ」

走るときの快感を高幡はそんなふうに表現した。彼は小学校の高学年の頃から走ることに興味を覚え、中学で陸上部に入り、主に中距離走をやっていたという。

「中学の部活だから、八〇〇や、一〇〇〇の記録も取るけど、俺は一五〇〇が一番好きだったな」

一五〇〇の場合、四〇〇メートルのトラックを三周と三〇〇メートルを走るのだそうだ。運動音痴で、それこそ体育の成績が2だったこともある駿だから、走ることも苦手だった。それは今でも変わらない。

なので、陸上競技の細かい種類も知らないでいたが、一五〇〇メートルも競って走るのは話を聞いているだけで息苦しくなってくる。だが、高幡はその苦しさのピークを越えたところに、独特の心地よさがあるという。なんだか不思議な話だった。

「これは自慢だけど、大会に出たときには中学生ではけっこういい成績を残してたんだぜ」

わざと茶化すように言うけれど、駿が知らないだけできっとそうだったのだろう。中学二年の夏休み明けには陸上競技が強いことで有名な都内の私立高校からスカウトがきていて、本人もそういう高校のどこかに推薦で入るつもりでいたという。

「でも、そうもいかなくなった」

「怪我のせいで？」

「そう。この膝が駄目になった。っていうか、もともと駄目だったんだ、俺の膝は……」

練習のときの怪我か事故にでも遭ったのかと想像していたが、そうじゃないと高幡は言った。

「最初に痛みを感じたのは、中学三年に上がってしばらくしてからかな。でも練習のしすぎだと思っていた」

だから、練習のあとには冷やしたりしてそれなりのケアをしていたが、全然治らないどころかどんどん痛みが増してくる。当時は見る見る身長が伸びていて成長痛もあったので、それも関連しているのかと思っていたそうだ。だが、違っていた。

「顧問に一度医者に診てもらえと言われたんだ。そうしたら、俺の膝の皿は割れてたんだ」

「割れてた……っ？」

聞いただけで痛そうで駿は思わず顔を歪《ゆが》めた。

「病名だと『有痛性分裂膝蓋骨』というやつらしい。でも、もともと皿が割れている人ってのはいるらしくて、俺の場合も生まれつき右膝が割れていたんだ」

「それって、治るの？」

「運動しなければ痛みは自然に引くよ」

「えっ、で、でも、それじゃ……」

「そう。走れないってこと。他にも手術で治すこともできる」

「じゃ、学校を休んだっていうのは手術を受けていたから」

だが、高幡はそうじゃないと首を横に振る。そして、自嘲的に笑ってまた肩を竦めてみせる。

「休んでたのは、ふて腐れてたから」

どういう意味だろうと思って、駿が高幡の表情を見つめていると彼は自分の右膝を指で突くようにしながら説明する。

「俺の膝の皿の割れ方はけっこう複雑でさ、手術をしても激しい運動には向かないって言われた。とにかく、日常生活には支障がないんだから、下手《へた》にメスを入れないほうがいいっていうのが医者の意見。もちろん、他の医者にも診てもらった。手術をしてくれるという医者もいた。でも、その後の運動についてはあくまでも健康管理の範囲だって言われたよ」

結局、高幡は親とも相談して手術は受けなかった。手術をしても走れないなら意味はない。そして、彼の陸上への夢は終わったのだ。

「二週間くらいふて腐れてたかな。学校にも行かないでいたし。でも、それもカッコ悪いなって思ったから、なんでもない顔してまた学校には行くようになったよ」

ただし、クラブ活動はできないし、走れなくなった自分に同情の言葉をかけてくる部員も鬱陶しかったという。

「それでさ、勉強で見返してやろうと思ったんだよな。推薦なんかなくても、うんといい高校に入ってやるってね。自分だけの勝手な意地だったんだけどさ」

もともと成績は中くらいで、陸上の練習に時間をとられて怠けがちなところはあったらしい。だが、これまで走っていた時間を全部勉強に使ったら、どんどん成績が上がっていって、三年の二学期が終わる頃には担任からもこの学校を受けてみればと勧められたという。

「駄目もとで受けてもいいかって思った。親は受けるだけでも鼻が高いなんて、半分冗談で言ってたしな。どうせ滑り止めで公立もあったし」

そうしたら、本当に受かってしまったということだ。

「なのに、登校拒否してたの？」

駿にはわからなかった。陸上への未練はあったにしても、新しい目標は見事に自分の努力でクリアしたのだ。胸を張って通学すればいいのに、高校に入ってからあらためて登校拒否する理由なんてあるのだろうか。

「べつにこの学校でやりたいことがあったわけじゃないから。受験に受かることだけが目的で、その先は空《から》っぽだ。何もない。でも、親がなんだか喜んじゃってさ。それを見ているのも虚《むな》しいっていうか、馬鹿馬鹿しくなってきてさ」

それで、入学式からいきなり登校拒否していたらしい。親が入学手続きをしたのち、体調不良で休学扱いにしてくれていたようだが、それでも一ヶ月が過ぎてさすがに本人もこのままじゃまずいと思ったのだろうか。

「いや、もう退学しようかと思ってたけど、考えたら高校辞めてもやることがないんだよな。だったら、親を泣かせるような真似だけはやめようと思ったから、学校にはくるようにした」

でも、彼にはこの学校にいてもやることもないし、居場所もない。高幡が美術室に転がり込んできた本当の理由がようやくわかった。

『だってさ、この学校だよ。俺みたいなのがどこへ行けると思う？』

そう言って、読書室さえ居づらいとこぼしていた彼の気持ちがやっと理解できた。でも、このまま美術室で無駄に時間を潰していて、本当にそれが彼にとっていいことだとは思えない。

自分の将来さえ決められない駿だから、偉そうなことは言えないけれど、それでもやっぱり高幡がこのままでいるのはよくない気がした。

「まぁ、そんな感じ。登校拒否の理由、想像していたよりみっともなかっただろ？　だから、言わないでおこうと思ったんだけど、ちょっと近頃は新しい楽しみも見つけたしな」

「えっ、そうなの？」

それは何と問う前に、彼が自分の手にあるバイクの雑誌を持ち上げて振っているのを見て頷いた。

「そっか。それでバイクかぁ」

駿の言葉に笑って頷いている。自分の足で走れなくなっても、もっと速く走ることができる。もちろん、彼は自分の足で走るほうがずっと気持ちがいいと信じているようだ。それでも、何か新しい扉を開くきっかけになるならいいと思う。それに、ちょっと羨ましいと思った。本人が言うようにカッコ悪いことなんて何もない。

駿がそのことを言うと、高幡は最初はちょっと気まずそうに雑誌で顔を隠し、すぐにおちゃらけた態度で椅子から立ち上がってバイクに跨る真似をして、最後に照れくさそうに笑ってみせた。

「駿先輩がここにいることを許してくれたから、いろいろ考えることができた。だから、サンキューです」

「そんな……」

お礼を言われた駿のほうがもっと照れくさくなる。そもそもここにいる許可なんて大げさなものじゃない。この部屋は誰のものでもない。駿だってこの部屋に逃げ込んできた一人だから、ここでようやく自分の新しい世界を見つけた高幡が羨ましかった。

それに比べて自分はまるで進歩がない。もしかしたら、絵を描くことで逃げているだけなのかもしれない。なんだかそんな気さえしてきた。

「高幡くんみたいになれたらいいのに……」

それは心の中の呟きが無意識のうちに声になって出ていた。そのとき、高幡はちょっと笑ってから駿に言う。

「あのさ、その呼び方でなくてもいいんじゃない。辰彦って呼び捨てでいいよ」

「えっ、呼び捨て?」

「俺のほうが年下なんだからさ」

「それはそうだけど……」

高校に入ってから親しい友人もいなくて、下の名前を呼び捨てる相手などいなかった。高幡は年下だけど、それでもやっぱりちょっとためらいがある。

「なんで照れてんの?」

高幡は自分の告白の照れくささをごまかすように、駿の慌てる様子をからかうように言う。照れていなくて慣れていないだけと言ってみたけれど、それもまたあまりカッコいい言い訳でもないと気づいて俯いたまま小さな声で言う。

「えっと、そのうちにね……」

そのうちっていつだと高幡が聞くが、駿はキャンバスに向かって聞こえないふりをしながらもなぜか頬が熱くなっていくのがわかって困ってしまうのだった。

◆◆

近頃は梅雨らしくなってきて、どんよりとした空模様の日々が続いていた。

「あっ、降り出した。はい、撤収、撤収～っ」

美術室の窓から校庭を見ていた辰彦が、運動部の連中が散り散りに部室や校舎に入っていく様を眺めて声に出して描写している。

駿は相変わらずキャンバスに向かっている。夏休みまでにこの絵を仕上げて、春先に仕上げた絵と対にして完成させることができればいいと思っていた。

でも、夏休みから先のことはどうしたらいいのかわからないままだ。親の言うとおりに塾の夏期講習の申し込みはしてきた。でも、心は一日ごとに迷いが深くなっていくばかり。

そんな中でも、辰彦がバイクの話をするのを聞いているときは、ちょっとだけ楽しい気分になる。一度は夢を失い大きな挫折を味わった彼が、新しく夢中になれるものを見つけ、それについて熱っぽく語る様は駿にとっても励ましになる。

ただ、どんなにバイクのことを話していても、彼の陸上への夢が断ち切れていない部分が見えることもある。そんな時、しょせんバイクは夢の代用品なのかもしれないと思うと駿の心も痛む。

自分の将来さえ決められない駿にしてみれば、人の心配をしている場合ではないとわかっていた。それでも、どうすることもできないジレンマを抱えている辰彦の思いが伝わってくる瞬間がある。それを自分の悩みに重ねるのは間違っている。

（これもまた逃げなんだよね……）

心の中の呟きに頷くように、今日も雨が降っていた。その日は月曜日だったけれど、進路相談の順番が割り振られていた。なので、放課後は庄田の待っている自習室に行くことはできなかった。

けれど、思ったより進路相談が早くすんだので、駿は美術室へ行くことにした。今日は辰彦との約束もない。教員室から美術室の鍵を借り出してきたけれど、この時間からなら一時間もすれば下校の放送が入ってしまうだろう。

それでも、描きかけの絵にどうしても気になっている部分があって、できることなら早く修正を入れておきたかったのだ。たいして時間がかかるわけでもない。ちょっと筆で気になっているところに色をのせておきたい。そうすれば、次にキャンバスに向かうとき、忘れずそこの修正から取りかかることができる。

駿には学校で親しくしている友人がいないように、絵を描くことについて話し合う友人もいない。顧問の教師も滅多に顔を出さない状況で、教えてくれる人は誰もいないのだ。だから、他の人がどんなふうに絵を描いているのかもわからない。

駿には駿のやり方があって、それはきっと他の絵を描く人と大きく違っているのかもしれない。それでも、これまではずっとそのやり方で描いてきた。それは頭の中にある計画書をキャンバスに写していく方法だ。

まずは、スケッチをしてきたものの中でキャンバスにおこすものを決める。その時点で、自分のイメージする絵が脳裏にあって、まずは下書きとしてラフな線を描き込む。次に、キャンバスの各場所におおまかなイメージを描いていく。それは駿にとってはその絵の計画書のようなもの。とにかく、仕上がりのイメージが明確にあるうちに、その計画書をキャンバスの上に作っておけば、あとは思うままに筆を進めていけば絵が完成する。

駿の創作において、この計画書の部分が一番大切なような気がしていた。そして、今回の絵はほぼ計画書が仕上がって描き込みの段階に入っている。だが、昨日の夜にベッドで目を閉じているとき、どうしても修正したい箇所が出てきてしまったのだ。

こういうときはたまにあって、それが脳裏に浮かんだらすぐに手を加えておかないと、記憶が曖昧になってあとでは思い出せなくなってしまうのだ。だから、今日はたとえ三十分でもいいからその修正を加えておきたかった。

美術室の鍵を借り出して教員室を出た駿だが、いつもの渡り廊下を小走りで急いでいるとき、いきなり柱の後ろから出てきた影にビクリと体を緊張させる。放課後にはまったくといっていいほど生徒が通ることのないそこの柱の陰にいたのは、自習室にいるはずの庄田だった。

「駿……」

「あ、あの、庄田先輩……？」

今日は進路相談があるので自習室には行けないことはメールで伝えてあった。庄田からもちゃんと返信をもらっていた。なのに、どうして彼がここにいるのだろう。理由がわからない駿だったが、庄田の表情を見れば彼が何かに気分を害していることはわかった。

約束を断ったことだろうか。でも、それは駿の個人的な事情というより、担任によって今日を指定されたのだから仕方のないことだ。そんなことで庄田が機嫌を損ねるとは思わないけれど、他に理由が思いつかない。

「駿、ちょっとおいで」

そう言ったかと思うと、駿の二の腕を引いた庄田はそのまま廊下の片隅へと連れていく。

「えっ、あ、あの……」

驚きながらも駿はいやな予感がして、たまらず身を引こうとしてしまった。すると、そんな駿の態度が反抗的に思えたのか、庄田はさらに強い力で駿を壁に押しつけてくる。身動きができなくなった駿は、怯えを隠せないまま庄田の顔を見上げる。

「どうしてなんだっ？」

「な、何がですか……？」

何を詰問されているのか本気でわからない駿が震える声で聞き返す。

「あの一年生のこと、どうして黙っていたんだ？」

「あっ、あの一年って、辰彦のこと……？」

「名前で呼んでいるのか？　いつの間にそんなに親しくなった？」

どうやら庄田は近頃駿が辰彦といることに気づいて、そのことで腹を立てているらしい。

内心「しまったな」という思いはあった。けれど、それは本当に庄田に責められるべきことだろうか。

「あの一年と駿が親しそうにして、放課後一緒に帰るのを見かけたって話を聞いた。もしかして、美術室にも顔を出しているんじゃないのか？」

「そ、それは……」

どうやら庄田は二人が美術室で一緒に過ごしていることも、誰かから聞かされていたらしい。声を荒げているというわけではないが、庄田の言葉にははっきりと怒気が含まれている。

駿はここのところ忘れていた庄田への怯えを思い出したかのように、視線を泳がせながら自信なさげな小さい声で言う。

「なんで、あいつが美術室にきているんだ？」

「あ、あの、よくわからないけど、なんだかこの学校が居心地悪いらしくて、居場所がないからって美術室で本を読んでるんです。でも、それだけ……」

「あいつと二人きりでいるのか？」

駿の言葉が終わらないうちに、庄田は強く肩をつかんでくる。それは痛みを感じるほどで、駿が身を引こうとしたが、背後は壁で逃げることはできない。

そんな駿を庄田は強引に自分のほうへと引き寄せて、苦しいほどに抱き締めてくる。

庄田に対して以前のような警戒心がなくなっていたこともあり、すっかり気持ちが緩んでいたのは間違いない。辰彦のことに関しても、もう少し上手に答えられればよかったのかもしれない。でも、嘘をつかなければならないような後ろめたい真似をしているわけではないのだ。

「どうしてあんな奴とつき合っているんだ。奴は入学してからもずっと不登校だったらしいじゃないか。勉強にも身が入っていないし、教師の間でも問題のある生徒だと噂されているんだ」

「それには理由があって……」

駿は辰彦から直接その理由を聞いている。けれど、今の庄田の様子を見ていると、とてもその説明に耳を傾けてくれるとは思えなかった。

「どんな理由があったとしても、彼が駿にとってよくない影響を与えているのは間違いない。あんな問題のある生徒とつき合っていたら、駿の内申書にも響くことになるだろう。どうしてそんなこともわからないいんだっ？」

「内申書なんて、僕は……」

何も案じていない。そもそも大学受験についてまだはっきりとした目標を絞れていないのに、そんなことを案じる意味もなかった。

「俺といれば大丈夫だから。勉強だって見てあげられるし、教師の覚えも悪くないだろう。俺でも助けられないようなことがあれば、父さんに頼んであげることもできる。だから……」

「そ、そんなのはいいです。僕は……」

庄田の父親はこの学校の理事だ。そういう意味で便宜を図ることもできるという意味だろう。だが、それこそ駿が望んでいることではない。そんな特別扱いなどされて、周囲から何か言われるくらいなら、内申書などどうでもいい。

それは、駿が小学校の頃にクラスメイトから仲間外れにされたときのことを思い出させて、なんだかいやな気持ちになった。それでも、庄田は駿が自分の気に入らない一年生と仲良くしているという事実が許せないらしい。

「俺だって駿のことは可愛がっていただろう? どうして俺じゃ駄目なんだ? こんなに可愛がってやっているのに、おまえまでどうして逃げようとするんだ?」

一瞬、奇妙な言葉を聞いた気がして首を傾げる。「おまえまで」というのはどういう意味だろう。だが、そんな疑問について問い返すことも、ゆっくり考えていることもできなかった。

「これ、美術室の鍵？　今日もあいつと会うつもり？」

「ち、違います。彼は月曜日はこないから」

「ふぅん、じゃ、今日は何しにいくの？」

「だから、絵を描きに……」

駿が震える声で言っても、庄田はどこか信じていないふうだった。美術室の鍵を握っている駿の手をつかむと、手首を強く握ってそのまま壁に押しつける。そうやって身動きを封じてから、駿の頬や胸を片手で撫でてくる。

「いやだっ、先輩……っ」

身を捩りながら鞄を足元に落とし、空いた手で庄田の胸を突っぱねようとした。だが、そんな抵抗など簡単に払いのけて、素早く駿の顎を片手でつかみ強引に唇を重ねてこようとする。必死で顔を背けたら、庄田が厳しい口調で駿の名前を呼んだ。その声に頬を強張らせ怯えをあらわにしていると、今度は優しげな声色になって耳元で囁く。

「駿が言うことを聞いてくれないと、俺もさすがにちょっと困ったことになるんだよ」

「こ、困ったこと……？」

「そうだね。駿が上級生の言うことを聞かない悪い生徒だって知れ渡ったら、面倒なことになるだろう。それは駿にとっていいことじゃないよ。それにあの一年のことだって、あまり素行がよくないみたいだと話しておいたほうがいいかな。そうなったら、うちの父親が次の理事会に出席するときに、議題になるかもしれないね。だから、俺の言うとおりにしたほうがいいと思うよ」

要するに、もう辰彦とはつき合わないと約束しなければ、庄田にも考えがあるということらしい。事実はともかく、周囲は駿のことを優等生の庄田に可愛がられて、何かにつけ贔屓されている下級生と思っている。それだけに、庄田が駿について何か否定的なことを言えば、おそらく多くの生徒がそれを鵜呑《うの》みにするだろう。たとえば、「勉強を見てやっていたのに、ちゃんと勉強しない」とか、「可愛がってやっていたのに、生意気で反抗的」とちょっと漏らしただけで、周囲の駿を見る目も変わる。

それでなくても内向的で、これまで手紙をもらっても誘いがあっても断ってきた駿をよく思っていない連中もいる。庄田と親しくなりたいと思っている下級生もいるだろう。そんな連中が結託して「やっぱりあいつは駄目だ」などという噂が流れたら、さすがに駿も学校にくるのが辛くなる。

学校にこられなくなるということは絵を描けなくなるということで、そういう事態はできることなら避けたい。

「わかるよね？　俺の言っている意味？　駿のためを思っていっているんだよ」

まるで聞き分けのない子どもを諭すように言われ、駿は怯えたまま顔を動かせなくなる。

「そう。そのままでいなよ。怖いことをしようとしているんじゃないんだから」

それが怖いことではないと知っているけれど、キスなんてしたことがない。この間も未遂で終わって、あのときは心底ホッとした。もちろん、そういうことにまったく興味がないというわけではない。映画やテレビドラマの恋人たちのシーンを見ていれば、自分もいつか誰かとそういうことをするんだろうかと思うことはあった。

けれど、その相手が庄田というのは違う気がするのだ。それは男同士という疑問以前のことだった。好きな人とするならまだしも、駿は庄田のことを悪い先輩だとは思っていないが、好きかと言われれば少なくとも恋愛感情は持っていない。

どんなに可愛がってもらっていても、そういう意味では心が動くことはなかった。だから、庄田とキスをしたくないと思っている。けれど、力では敵《かな》わない。もう一度頑張って庄田の体を突っぱねようとしたが、どうしても彼の体を突き放すことはできなかった。周囲には人はいない。叫んでも誰もこない。そのとき、ふと心に諦めが過ぎった。

（無理だ……）

非力な自分に何ができるわけもない。上級生の庄田に逆らっても何もいいことはない。それに、こんなことくらい男子校ではときどきあると知っている。

ただ、駿がこれまで頑なに人間関係を遮断していたから起きなかっただけのこと。けれど、今この状況で抵抗しても、逃げられるわけもない。

（こんなの、べつになんでもない……）

女の子じゃないから、これくらいの悪ふざけで大騒ぎするほどのことではない。自分自身にそう言い聞かせた途端、諦めから全身の力が抜けた。庄田は駿が抵抗をやめたとわかると、どこか満足したように名前を呼んで抱き締める。

「駿……」

庄田の声がそのまま駿の唇に重なってきた。初めてのキスはきつく目を閉じているだけで、何も感じることはなかった。唇を強く合わせていたら少しだけ庄田の舌がそこをなぞったのがわかり、駿がさらに体を硬直させてしまった。

それでもじっとこらえていると、やがて庄田の顔が自分から離れていくのがわかった。終わったと思ってようやく肩の力を抜いた。でも、まだ目を開けることはできなかった。

「いい子だね。駿はこれからも俺の言うとおりにするんだろう?」

目を閉じたままの耳元でそうたずねられた。駿は小さく何度も首を縦に振るしかできなかった。自分はどうしてこうなのだろう。誰に向かってなら本当の気持ちを訴えることができるのだろう。唇を噛み締めていると庄田の手が駿の肩に回る。以前のように力のこもったその手に、駿は後悔とともに怯えている。

これは苛めじゃない。誰もそうは受け取らない。だから、誰にも訴えられない。でも、駿は弱虫な自分がまた嫌いになった。

廊下で庄田と別れてから、駿はしばらく迷っていた。けれど、やっぱり絵の手直しはしておきたかった。重い足を引きずりながら美術室に向かうと、なぜか廊下の反対側から辰彦がやってくるのが見えた。

（なんで……？）

辰彦のほうもまったく同じことを思っているのか、ちょっと目を見開いている。ところが、近くまでやってきて駿の様子がいつもと違うことに気づいたようだ。

「なに、その顔？　何かあったの？」

きょとんとした顔が見る見る怪訝な顔になり、やがて険しい表情になって駿のそばまでやってくる。駿は慌てて辰彦から視線を逸らし、反対に聞いた。

「そ、そっちこそ、どうして美術室に？　今日は月曜日だよ」

彼は駿が絵を描く水曜と金曜の放課後しかこないはずだ。だが、辰彦は駿の質問する声にも何か普段と違うものを感じたようだ。一瞬黙り込んでこちらを見ているのがわかり、その視線がなんだか突き刺さるような気がして急いで持っていた鍵で美術室のドアを開ける。

部屋に逃げ込んだからといってどうなるものでもない。それで辰彦が疑問について追及をやめるとは思えない。それでも、今は彼の視線から逃れたかっただけだ。

それはキスをされた自分を見られたくないという女々しい理由ではなく、自分の意思を強く主張できない己の惨めさを恥じていたから。

「おい、ちょっと待てよ。なぁ、何かあっただろう?」

駿のあとを追うように美術室に入ってきた辰彦が、背後から少し苛立ちのこもった声でたずねる。聞かれたくないことをしつこくたずねられたら、いくら駿だって不愉快な気分になる。

「なんでもないって。どうしてそんなこと聞くのさ?」

泣きそうな顔とか震えている声とかを懸命にごまかしていたが、辰彦はイーゼルのそばへ歩いていく駿の後ろから手を伸ばして肩をつかむ。その勢いで半身を返したところで、辰彦がもう一度聞いた。

「なぁ、何かあったんだろう?　なんでもなけりゃ、そのシャツはなんだよっ」

「え……っ?」

言われて自分のシャツを見てハッとした。ネクタイがずれて襟元が乱れ、ニットベストの下からシャツの裾《すそ》がはみ出していた。そんなだらしのない格好になっていたのは、もちろん庄田に押さえ込まれたときに暴れたからだ。

でも、彼の腕から解放されてここまで歩いてくる間、まったくそのことに気づくこともなかった。そんなことより情けない自分を悔やむことで頭の中がいっぱいだった。

「こ、これは、さっき廊下で転んだ……」

むちゃくちゃな言い訳だと自分でも思っていた。でも、咄嗟《とっさ》に他の理由は思いつかなかった。すると、辰彦は心底呆れたように大きな溜息を漏らした。

「よくそんなバカな理由を思いつくよね」

自分でもそう思っていたけど、人に言われるとカチンときた。

「放っておいてよ。なんでもいいだろっ。それより、今日は月曜だし……」

ここへくる日じゃないのに、どうしてきているんだと反対に問い詰めてやりたかった。もちろん、それに答えが返ってきたからといって、駿の今の状態を説明できるわけでもない。それでも、一方的に攻撃されることに耐え切れなかったのだ。

駿が充分苦しい状況にあるのに、辰彦は相変わらずごまかしや曖昧さを許そうとはしなかった。

「また、あの庄田って先輩か？　何かされたのか？　されたんだよな？　そんな格好だし……」

「うるさいなっ。君には関係ないだろっ」

自分でもびっくりするくらい大きな声が出てしまい、気まずさに俯いた。でも、自分が弱虫のせいで庄田を拒めなかったことは、辰彦には知られたくなかったのだ。

これまで一度も声を荒げるようなことのなかった駿が怒鳴ったので、辰彦も少し驚いた様子だった。けれど、すぐに不機嫌そうに眉《まゆ》を吊り上げる。

「関係ないことないさ……っ」

「えっ、な、なんで……」

理由を聞こうとしたら、駿の後ろに立っていた辰彦がいきなり抱きついてきた。突然のことで意味がわからず、彼の腕の中で振り返ったらもっと強く抱き寄せられる。

「あっ、あの、た、辰彦……？」

近頃はすっかり呼び捨てになっていた彼の名前だけれど、この状況で呼ぶとなんだか猛烈に恥ずかしくなった。

「関係ないことないよっ。なんかさ、腹立つんだよな。あんたが庄田って奴の言いなりになっていると思うとさっ」

「言いなりになんかなってないよっ」

「なってるじゃないかっ。本当は月曜だって絵を描きたいくせに、無理して自習室に行ってるだろ。向こうは駿先輩にいやらしいことしたくてしょうがないんだ。それくらいわかってるくせに、なんでされるがままになってんの？」

「なってないってばっ。そっちこそ勝手に勘ぐって、変なこと言わないでくれよ」

本当は言いなりになってしまった自分をごまかそうと、また柄にもなく声を張り上げてしまう。駿が焦って感情をむき出しにしてしまうほどに、辰彦も追及の手を緩められなくなっているようだった。意地の悪いことを言うつもりはないのに言ってしまう。そんな彼のジレンマのようなものを察しているけれど、駿だって微塵《みじん》の余裕もなくて、どうすることもできないでいる。

「勘ぐっているっていうなら、その格好の説明しろよ。いつまでも逃げていてどうなるもんじゃないってわからないのかよっ？」

辰彦がそうやって駿を追い詰める。だから、駿もたまらずに言い返した。

「うるさいなっ。そういう自分だって逃げてたじゃないかっ。走れなくなって勉強に逃げて、高校に入っても登校拒否……」

そこまで言ってから、しまったと思ったけれど遅かった。それは彼の心にある深い傷で、未だに癒えていないもの。自分が感情のままに言葉にしてぶつけていいことではなかった。

「あ、あの……」

謝ろうとして辰彦の顔を見れば、彼は一番触れられたくないところを抉《えぐ》られたように、表情を強張らせていた。

「そうだよな。俺だって人のことは言えないさ。弱虫に弱虫って言われりゃ、誰だって頭にくるよな」

「あの、だから、ごめん……。そんなつもりじゃなかった。でも、僕だって……」

庄田の言いなりになるつもりなんかなかった。本当は庄田の考えていることもわかっていたけれど、彼が卒業するまでなんとか穏便にやり過ごせればいいと思っていただけ。

辰彦が美術室にきていることがばれるとも思わず、あんなふうに問い詰められることも考えていなかった。それもまた、ごまかしきれるんじゃないかという甘い考えだったのだ。

でも、庄田の言葉にすっかり怖気づいてしまった。このまま庄田を拒んだら、辰彦にも火の粉が飛んでしまうかもしれない。自分が周囲から陰口を叩かれるのはまだいい。これまで以上に居心地の悪い学校になっても、自分には絵を描きにくるという目的がある。

けれど、庄田がもし理事である父親を通して学校に進言するようなことがあって、辰彦に何か不都合があったら困る。彼は走るという目的を失ってから、いっぱい悩んで不登校になって、それでも新しい目的を見つけつつあった。

美術室でちょっと楽しそうな笑顔を浮かべ、バイク雑誌を夢中で見ている姿を見れば、他人事《ひとごと》だとはいえよかったと思う。自分とは違う悩みでも、お互いこの学校で居場所がない者同士という共通点をもっていて、その意味では親近感を覚えていた。

だから、彼がまた学校にこられなくなるようなことが起きたらいやだと思ったのだ。だから、キスされても我慢した。あれくらいなんでもない。そう思って、何もなかったことにしようとしていたのに、どうしてこんなに辰彦に責められなければならないんだろう。

なんだか悔しくて泣きそうになっていたら、辰彦が二の腕をつかんでイーゼルの前の椅子に駿を突き飛ばす。そこに無理やり座らされた格好になった駿だが、なんだか乱暴な辰彦の態度が怖くてすぐに立ち上がり逃げようとした。

でも、できなかった。辰彦が椅子の座面に片膝をつき、駿の膝に跨るように覆い被《かぶ》さってくる。何をするつもりなのかわからなくて、思わず小さな悲鳴が漏れた。

「もしかして、キスとかされたのか？」

いきなり図星を刺されるとは思っていなくて、引きつった顔が真っ赤になるのを感じた。

「やっぱり、されたんだなっ」

怒った口調でそう確認した辰彦は、なぜか駿の顔を両手で挟むと立ち上がれないように覆い被さったまま唇を近づけてきた。

まさかと思った次の瞬間、さっき庄田にされたばかりのことを今また辰彦にされる。頭の中では「嘘だ」という言葉がグルグルと回っていた。でも、自分に触れている感触は嘘ではなくて、なんでこうなっているのかわからないでいる。

ただ、不思議なのはさっきの庄田の唇とは違う感じがすること。さっきはとにかく怖かった。早く終わってくれとばかり思っていた。なのに、今は動悸の激しさとともになぜか頬がもっと熱くなっていく。恥ずかしいのに、庄田のときのように辰彦の体を突っぱねようとする力が入らない。

ずっと重ねているうちに、辰彦の舌も庄田がしたように駿の唇を突《つつ》くようにしてくる。その動きに促されるように少しだけ開いた口の中にゆっくりと辰彦の舌が入ってきた。ぎょっとしたけれど、椅子に座ったままでは逃げることもできない。

それに、足がひどく震えているから今はちゃんと立てないような気もする。すっかり力の抜けた状態でいると、辰彦はようやく唇を離して言った。

「あんな奴にされてもいいなら、誰でもいいんだろ？　だったら、俺でもいいじゃないかっ」

「そ、そんな……」

その理屈はおかしいと思う。それに、駿は庄田にされたことを「いい」とは思っていない。でも、すごく近くにある辰彦の顔を見ていると、そういう説明をしようにも、なんだか息苦しくて何も言えなくなってしまう。

駿がすっかり困惑の中に突き落とされた状態で肩で息をしていたら、辰彦の手がなぜか乱れたシャツの裾をめくるようにして片手を潜り込ませてくる。

「えっ、え……っ、な、何っ、な、何すんの……っ？」

びっくりしながらもその手の動きを視線だけで追っていると、あろうことか駿の制服のズボンのジッパーを下ろしている。思わず掠《かす》れた悲鳴を上げて立ち上がろうとしたが、ほんの数センチお尻を浮かせただけで、また椅子に座り込んでしまう。

「ちょ、ちょっと、やめてっ。やめてよぉ……っ」

ゴソゴソと動く手は駿のトランクスの上からそこを握ってくる。さっきのキスでちょっとだけ反応していたそこをつかまれて、恥ずかしさのあまり本当に泣き出しそうだった。

「なんで、こんなになってんの？　なぁ、庄田にキスされたから？　それとも、俺のキスのせいか？」

「し、知らないよっ。それより、なんでこんなことすんの？　わけわかんないよっ」

「俺だってわからないけど、俺もちょっときついかも……」

その言葉にまたぎょっとして下を向けば、トランクスの穴から先端だけが顔を出している状態の自分自身と、いつの間にか同じように前を開いてトランクス越しに硬くなっている辰彦のものが今にも触れそうになっていた。

このときは本当に頭の中がパニックで、なりふりかまわず大声で叫び椅子から転げ落ちて這ってでも逃げたい気持ちになった。猛烈に恥ずかしい。どうしてこんなことになっているのかわからない。それなのに、辰彦の体が自分の膝に跨るように覆い被さっていて、彼の全体重がかかっているわけではないが、とても撥《は》ね除《の》けて逃げられる状態ではなかった。

駿の身長は一六五程度で体重も軽い。それに比べて辰彦は一年生のくせに駿よりずっと体格のがいいのだ。おまけに運動神経もいいから、逃げようとする駿の動きを察するとすぐにそれを防いでしまう。

「い、いやぁ。なんで、いやだよぉ。こんなの、変……っ、あ……っ」

駿が涙声で訴えるのに、辰彦の手はもう完全にブレーキを失ったかのように駿のものと自分のものを片手で一緒に握ると、ゆるゆると上下に擦りはじめる。

「あっ、もう、駄目っ、やめてよぉ……っ」

自分でしか触れたことのない場所を辰彦の手が握っていて、それも彼のものと一緒に濡れている。ときおり耳を塞ぎたくなるような音がして、駿はもう耐えられないと体をこれ以上ないくらい硬直させた。

「あっ、もう、もう……、無理ぃ……っ」

「お、俺も、駄目かも。あっ、い、いく……っ」

そんな馬鹿なと思った瞬間だった。頭の中が真っ白になり、下半身がカッと熱くなった。そして、これまで経験したことのない奇妙な浮遊感に包まれて、気がつけば荒い息をしながら互いの体を抱き締め合っている二人だった。

◆◆

（違う。違うから。そんなんじゃないから……）

あれからというもの、そんな言葉を何度も心の中で繰り返している。でも、「違う」も「そんなんじゃない」といっても、だったらなんだったんだと自問するたび答えがないまま頬《ほお》が熱くなるだけ。

どうしてあんなことになったのだろう。今でもその理由がよくわからないし、辰彦《たつひこ》にそれをたずねることもできないでいる。

あの日、何もかも終わって荒い息を漏らしながら、椅子に座り重なったままでいたが、やがて辰彦は我に返ったように何度も謝っていた。なんであんな真似《まね》をしたか、その理由はいっさい言わないまま、ただひたすら「ごめん」と言い続けていた。

そして、先に立ち上がると自分のハンカチを美術室の水道で濡らして持ってきて、駿の体を拭いてくれる。下着も少し汚れていたが、それはお互い様で少しくらい気持ち悪くても辛抱して身なりを整えるしかなかった。

一緒に学校を出て、いつもなら駅で別れるのに、あの日は駿の家まで送ってくれた。何度も一人で平気だからと言ったが、彼は途中で何かあっても困るし、これは自分の責任だからと譲らなかった。

恥ずかしさはあったけれど、不思議と別れるのが寂しいような気もしていた。だから、彼が強引に家まで一緒にきてくれたとき、本当はちょっと嬉《うれ》しかったのだ。

駿《しゅん》の家の前に着くと、「家、でかいなぁ。さすが医者っ」などと茶化すから、ちょっとだけ笑ってしまった。そんな駿の顔を見て、辰彦もホッとしたような表情になっていた。それを見たとき、彼がものすごく反省していることがわかり、かえって申し訳ないような気持ちになってしまった。

ひどいことをされたはずなのに、庄田《しょうだ》のキスほど落ち込んでいない自分が不思議だった。というより、二人ですごいことをしてしまったと思えば、庄田との出来事など吹き飛んでしまっていた。

そして、手を振って別れようとしたとき、辰彦も同じように手を振って言ったのだ。

『じゃ、また明日……』

辰彦らしくもない、ちょっと遠慮がちな声だった。でも、それを聞いて駿はものすごく安堵《あんど》していた。明日も学校へ行けば会える。それは、今日のことで二人の関係が終わりではないと教えてくれる言葉だったから。

自分でも馬鹿みたいだと思いながらも、妙に照れくさかった。小学校の頃からすっかり忘れていたそんな言葉を、今の駿にくれるのは辰彦だけだ。

庄田にそれを言われるたびに負担に感じていたのに、どうして辰彦の言葉は駿の心をこんなふうにくすぐるのだろう。それればかりか、あんなことがあって以来、辰彦のことを思うとなんだか心がむずむずと奇妙な感覚にとらわれる。これがいったい何なのか駿にはわからない。

ただ、はっきりとわかっていたのは、辰彦に「また明日」と言われたとき、何があっても学校へ行きたいと思った。絵も描きたい。でも、辰彦の顔も見たい。庄田のことで塞《ふさ》いでいた心が、一気にそんなふうに前向きなものに変わっていたのは事実だった。

意地になって通っていた学校だった。絵を描くための場所だと思っていただけ。だから、それができなくなったら学校なんていつでもやめてしまえばいいと思う気持ちも心の片隅にあった。

庄田に呼び出されて、何か面倒が起こるようならそれは逃げ出すいい機会になるかもしれない。それで、今まで自分ではつけられなかった踏ん切りがつくかもしれない。駿が庄田から逃げるため学校に行かなくなったら、当然のように両親はその理由をたずねるだろう。きっかけはなんでもいい。親と面と向かって話さなければならない機会があれば、そのときこそはっきり言えるかもしれない。「医者になんかならない、なりたくない」とはっきり告げて、その気持ちが認められないならずっと部屋に閉じこもってしまえばいい。

自分でも情けないくらい他力本願なやり方だと思っていたし、やったところで勝算があるわけではないとわかっていたからこそできないままだった。

庄田のことを穏便にすまそうとしていたのも、結局は不登校になる勇気さえなかったからだ。それと同時に、どうしても拭《ぬぐ》いきれなかったのは自分自身の迷い。

どんなに絵を描いていたくても、これで将来がどうなるか見えるわけもない。家を出て、働きながら美術学校に通えるわけもない。どんなに悪あがきをしたところで、最終的には親の言うとおりにするしかないと諦《あきら》めている自分がいて、学校へ逃げ込んで絵を描いているのが駿の唯一の抵抗だったのだ。

でも、辰彦に会って話をするようになってから、駿は悩みながらも少しずつ自分の中で変わっていく何かを感じていた。よくも悪くも、人に背中を押されなければ何もできない自分を恥じるようになったのは、辰彦という存在に出会ったからだ。それだけは間違いないと思う。

だからこそ、辰彦に「いつまでも逃げていてどうなるもんじゃないってわからないのかよっ？」と言われたとき、頑張ったつもりの自分さえ認めてもらえないのかと情けなくなったのだ。

そして、苛立《いらだ》ちの勢いが余って「自分だって逃げていたくせに」と言い、彼を傷つけてしまった。だからといって、それを詫《わ》びる気持ちから抵抗しなかったわけじゃない。辰彦にあんな真似をされて驚いたし恥ずかしかったし、こんなことをしたら大変だという気持ちはあった。

（でも、なんか、よくわからない……）

ただ、いやではなかった。不思議なのだけれど、どう説明したらいいのか自分でもわからずにいる。それでも、どうにか説明をつけようとすればするほどできないことに気づいて、困っているというのが現実だった。

結局、あれからも変わらず二人は決まった曜日の放課後に美術室で会って、それぞれ好きなことをして過ごしている。でも、これまでどおり水曜と金曜だけではない。今は月曜の放課後も美術室で一緒にいる。

というのも、駿が庄田に自分の正直な気持ちを告げたからだ。次の週の月曜日の昼休み、駿は直接三年生の教室を訪ねていった。下級生が上級生の教室を訪ねていくのは案外勇気がいるものだが、それでも駿はあえてそうした。

メールでは失礼だと思ったし、二人きりになったらまた弱い自分が顔を出してしまうかもしれない。それに、周囲に他の生徒がいれば庄田も強引な真似はできないだろうと考えての行動だった。

庄田を呼び出してもらい、生徒たちが行き来する廊下の片隅で彼に話したのは、三年生になったら塾が増えるだろうし、絵は今しか描けないから、その時間を大切にしたいということ。

庄田に勉強を見てもらったおかげで数学の成績は上がったし、親切にしてもらって感謝しているが、それでも駿には駿のやりたいことがある。そのことを正直に告げると、庄田は驚きを隠せないようだった。あれほど言い含めておいたのに、まさか駿が自分に逆らうとは思わなかったのだろう。

庄田は苦々しい表情で話を聞いていたが、最終的には「わかった」と言い、それで月曜日の自習室での約束はなくなった。

あのとき脅されたみたいに、辰彦や自分に不都合なことが起こったり、よくない噂《うわさ》が立つかと思ったが、一週間以上が過ぎてもそれはない。どうやら心配することもなかったようだ。庄田は自分に自信を持っていて、実際この学校では人望も信頼も厚い生徒なのだ。人の悪い噂を流したり、父親の権力を使って何かをするような人間ではないと思うし、そんなことをしても彼にとってはいいことはないだろう。

まして、駿のような地味な下級生一人くらい、これまでのように無視してしまえばいい。周囲に何か言われたら、「受験勉強が忙しくなって、かまってばかりもいられなくなった」と言えば、誰もが納得すると思う。

「話してみれば、案外簡単だったな」

自由になった月曜日、駿がいつものように絵筆を握りながら辰彦に言うと、彼は「バイクメカ入門編」という本を読みながら頷いている。

「庄田って先輩もバカじゃないんだから、自分の大事な時期に下級生にかまけて面倒を背負っても仕方がないって思ってるさ」

辰彦に言われてみればそれもそうかと思ったし、どうしてもっと早くそれに気づかなかったんだろうと自分が間抜けにさえ思えた。でも、辰彦に言われなければ、きっと今も庄田と一緒に自習室に通っていただろう。

「その調子で、親にも将来のことを相談してみれば？」

「それは、まだ、ちょっと……」

あんなことがあった次の水曜日の放課後は、ものすごくぎくしゃくした状態でろくに会話もできないままだった。それでも、お互いがそこにいてくれてよかったと思っていることだけはわかっていた。だったら、もう開き直るしかない。

男子校だし、ちょっとした遊びだったという軽いノリでやり過ごしてしまえばいい。そうでないと、意識しすぎて辰彦の顔もまともに見ることができなくなる。辰彦も同じ思いなのか、あのときのことにはいっさい触れず、自然に振舞ってくれている。

彼は彼なりに無理をしていると思うし、やってしまったことをまだ気にしているのかもしれないが、とにかく一緒にいて不快ではないのだから、それでいいことにした。なので、今は二人の会話も以前どおりだ。あるいは、以前よりもう少し互いのことを知り、くだけた口調になっていた。

「まぁ、あんなりっぱな家の跡取りだもんな。一人息子なら医者になってほしいと思う気持ちもわからないではない。おまけに、駿先輩は勉強もできるわけだし。その点うちみたいに『スーパー庶民』だと、何になろうがたいして期待もされてないから気楽なもんだ」

「家のことは関係ないと思うけど……」

言葉ではそう言っても、関係ないわけでもないとわかっている。両親が自分たちの医院を継いで欲しいという気持ちがあるのは間違いない。

「駿先輩が医者か。優しそうだから、子どもとかに好かれそうだけどね。だったら、内科か小児科ってイメージだな」

内科なら父親が喜ぶだろうが、小児科は無理な気がする。駿がそう言うと、辰彦がなぜと理由をたずねる。

「だって、子どもってなんでも思ったことをストレートに口にするんだもん。僕、きっと子どもにも舐《な》められるタイプだと思うし……」

本音を言うと、辰彦は読んでいた本から視線を上げ、たまらずという感じで噴き出していた。

「子どもっていっても、赤ん坊やまだ口のきけない年齢の子もいるじゃないか」

「あっ、それも苦手。泣かれたら、どうしたらいいのかわからない」

自分でもあまりにも情けない理由だと思ったが、本当にそうなのだから仕方がない。従兄《いと》弟《こ》の子供が家に遊びにきても、お守をまかされたらいつだって右往左往して、最後には逃げ出してしまうのだ。

「なんでこう苦手なものが多いんだろう、僕って。もっと器用になりたいよ……」

話しているうちに自分で自分が情けなくなり駿がなにげなく口にしたら、辰彦は珍しく笑い声を上げて言った。

「でも、そういうところは今のままでいいんじゃないの？　そのほうが駿先輩らしいし、無理に変わろうとしても無駄だし、第一似合わないからなぁ」

やっぱり、辰彦は年下のくせに生意気だと思った。でも、「駿らしい」という言葉がなんだか嬉しい。それは自分という人間を知ってくれているから言える言葉。辰彦はいつしか駿の一番の理解者になっていたようだ。


学校にくるのが楽しいと思ったのは、小学校低学年の頃以来かもしれない。

小学校の高学年には贔屓《ひいき》されていると苛《いじ》めのようなものを受けて、それからというもの学校はもう楽しいだけの場所ではなくなった。思春期の中学生時代はできるだけ目立たないようにして、誰とでも適当に話を合わせているばかりだった。

高校に入ってからは友達などどうでもよくて、絵を描くのが楽しみなだけの場所。そんな学校が初めて会いたい誰かのいる場所になった。

辰彦と一緒にいるとどうしてなのかわからないけれど楽しい。とても気楽に話をすることができる。これまで誰にも言えなかったことを初めて打ち明けた相手でもあり、辰彦が胸の中に抱えているものについても聞かせてもらえたことで二人の距離がうんと縮まったような気がしていた。

（そればかりじゃないけど、でも、それを考えると……）

今でも顔が真っ赤に火照《ほて》る。なので、できるだけ考えないよう、思い出さないようにしているが、ふとした瞬間に二人で沈黙してしまうときがある。

駿が描いている背後から、辰彦が何気なくのぞき込むようにその絵を見ているとき、その距離の近さにハッとするときがある。筆を置いてその日の後始末をしているときも、椅子の片付けなど力仕事を手伝ってくれる。そんなとき同じタイミングで椅子に手を伸ばして、指先が触れ合ったりするとどちらからともなく息を呑む。

そして、揃《そろ》って駅まで歩くときも、ときおり駿の肩と辰彦の二の腕が触れるときも、どちらからともなく「ごめん」と言いながら視線を逸《そ》らしてしまう。

そんな状態でいるのに、一緒にいるのがいやではない。いやならとっくにそう言っている。辰彦にしても、気まずさばかりならわざわざ美術室に通ってきたりはしないだろう。

これが友達というものだろうかと思った。中学の頃から周囲にあまり心を開くことのなかった駿にとって、「友達」という感覚がよくわからない。でも、ただ一つだけはっきりとしているのは、辰彦はこれまでの誰よりも自分が一緒にいて楽しい相手ということだった。

月曜、水曜、そして金曜日。楽しい放課後は続いていた。火曜日と木曜日は、学校から直接塾に行く。相変わらず大学受験については心が決まらないが、塾通いも以前ほど気が重いわけでもない。

『芸術大学って意外と偏差値高いんだな。まぁ、駿先輩なら大丈夫だろうけど』

辰彦が美術準備室の机の上にあった都内の主だった大学が紹介されている本をパラパラと見ていて言った。それまで本気で受験を考えていなかった駿は、あえて芸術大学の資料には目を通していなかった。そういうものを見てしまったら、本当に自分の気持ちを偽れなくなってしまうのが怖かったこともあった。

でも、辰彦の何気ない言葉に誘われるようにその本をのぞき込んでみれば、昨年の合格者の偏差値が思いのほか高かった。実技試験のことばかり心配していたが、勉強のほうもけっして手を抜いて受かるわけではないと知って、俄然勉強にも力が入るようになった。

そんなふうに、辰彦は一緒にいるだけで駿の迷いの扉を一つ一つ開いてくれる。年下なのに、迷っている駿の手を握りこっちだと道を教えてくれる。そして、彼が指し示す道は、いつだって駿が行きたいと思っている方向なのだ。

だからといって、甘く耳障りのいい言葉ばかり言うわけでもない。辰彦は、自分の望みを叶《かな》えるためには自分が戦ってそれを勝ち取るしかないと言う。でも、それが単に生意気な言葉でないことは、彼自身が駿と同じように何かと戦っているから言えること。

陸上への未練を断ち切り、自分の新しい道を探そうと必死でもがいているのを知っている今は、彼の言葉が信じられるし、彼の指し示す道にちゃんと目を向けてみようと思えるのだ。

塾へ行く日は、通学路の途中の都心のターミナル駅で乗り換えをする。そのとき、駅前の適当な店で軽い食事をする。だいたいはファストフードの店で、たまには大型書店の上階にあるカフェに入ることもある。

今日は買いたい本があるから書店へ行こうと思って、学校の最寄り駅へと急いでいた。書店に行くとついつい美術書などを見ているうちに時間が過ぎてしまう。

ところが、駅で改札を入ろうとしたとき、背後から声をかけられた。それが聞き覚えのある声だったので、ギクッとして振り返った。

そこに立っていたのは庄田だった。ここのところ、月曜日に自習室へ行くこともなくなったので、彼と会うのは久しぶりだった。もちろん校内では見かけているが、自分から声をかけることもないし、すっかり距離をとった関係になっていたのだ。

「久しぶりだね。今日は塾の日だったよね？」

庄田は以前と変わらない優しげな笑顔で駿に話しかけてくる。駿は少しばかり気まずさを押し隠して、小さく頭を下げた。

「あ、あの……」

駿が言葉を探しているうちに、庄田のほうが苦笑を漏らして言う。

「そんなに警戒しなくてもいいよ。駿は俺のことが迷惑だったんだろう」

「迷惑だなんて、そんなこと思ってないです。ただ、僕は……」

答えに困っていると、庄田は何も心にわだかまることはないといった様子で駿のすぐ目の前に立つ。

「いいよ。絵を描きたいってだけだよね。わかっているから。それに、俺だって駿を苛めたいわけじゃないんだからさ」

そんなふうに言われると安堵する反面、彼の好意を突っぱねた自分がひどく生意気な気もしてきて、あらためて申し訳ない気分になってしまうのだ。そんな駿の気持ちを知ってか知らずか、庄田は自分の腕時計を見てたずねる。

「塾は何時からだったっけ？」

「六時半からです」

「じゃ、まだ少し時間あるよね？」

このとき、駿はあまり深く考えることなく頷《うなず》いた。

「今から従兄弟《いとこ》に会うんだ。去年、都内の医学部に合格してね。もしかして、駿にとってもためになる話が聞けるかもしれないよ。どう、一緒にこない？　塾にはまだ時間があるんだろ？」

「えっ、で、でも……」

「遠慮しなくていいよ。ホテルのカフェでお茶するだけだし、それくらいなら大丈夫じゃないか？」

庄田が言うホテルは、駿が塾へ行く途中に乗り換えをするターミナル駅のすぐそばにあった。そこの近くの書店へ行くつもりだったので、時間的には問題はなかったけれど、それでも戸惑いとためらいはあった。

駿が困っていると、庄田はがっかりした様子で呟《つぶや》く。

「俺はもう駿の信頼をすっかり失ってしまったということかな。だったら、仕方がないけどね……」

諦めたような口調と、ひどくがっかりした表情を見ると、急に申し訳なさが込み上げてきた。勉強を見てもらい成績が上がったのも事実だし、駿にとっては息苦しいこともあったけれど世話になったことに感謝していないわけではない。

ここは校内ではないにしても、先輩の庄田に対して下級生の自分がそこまで言わせてしまっていいのだろうか。なんだか申し訳ない気持ちになっていて、駿は俯《うつむ》いたまま考えていた。

ホテルのカフェでお茶をするだけだ。医学部の受験には以前にもまして興味を失っていたけれど、それはまだ誰にも告げていないこと。

「あの、じゃ……」

「一緒に行くかい？」

駿が折れるタイミングを計っていたような問いかけに、また少し不安が掻《か》き立てられた。けれど、そこまで疑うのもどうかと思った。

辰彦の言うとおり、受験を控えた大切なときに駿にかまっていることが彼にとってなんの意味があるのかもわからない。内申書はすでに充分すぎる評価を得ているだろうし、彼が駿にかまうのはあくまでも好意からでしかないのだろう。

だったら、一緒にお茶をして従兄弟という人の話を聞くくらいどうってこともない。どうせ塾の時間は決まっているのだから、それまでには解放してもらえるはずだ。そう思った駿は、庄田の顔を見ておずおずと自分から申し出た。

「お邪魔でなければ、いろいろと受験のことを聞けると助かります」

まだ医学部受験の気持ちは固まっていないけれど、今のまま親に自分の気持ちを訴えることができなければ、必然的にそうなってしまうだろう。そんな駿の心の葛藤《かっとう》など知らない庄田は、きっとためになる話が聞けると言ってくれる。

話がまとまって駅の改札を抜け、久しぶりに庄田と一緒に電車に乗る。今日は駿が塾の日だとわかっているから、辰彦もすでに帰宅の途についているのだろう。

なんとなく近頃は会えない日が寂しい。ほぼ一日おきに美術室で会っていても、塾の日は校内でもまったくすれ違わないままの日もある。今日も昼休みにカフェテリアで会えるかと思っていたが、時間をずらしてランチを摂《と》りにいっても辰彦は姿を現さなかった。

一ヶ月以上不登校で、「遅れてきた新入生」と自ら名乗っているように、辰彦は誰と親しくしようという気もないように見えた。けれど、彼の飄々《ひょうひょう》として物怖《ものお》じのない態度は、人の目には好意的に映るらしい。嘘やごまかしのない人間に見えるし、事実彼はそういうタイプだと思う。おまけに見た目も凛々《りり》しくて、同性の間でも好感を抱かせるものはある。なので、友達などいないようでいて、同学年の生徒から声がかかっていることも気づいていた。彼の体格のよさを見て運動部に誘うクラスメイトもいるらしくて、もう走れない彼は困っていると話していた。でも、実際はそんな誘いばかりでもないだろう。彼と友人になりたいと思っている連中も少なくないと思う。そのことを考えると、なんだか自分だけの辰彦でなくなるのが寂しいような気もしている。

そんなのは間違った考えだとわかっている。駿にとって学校が少しは楽しい場所になったように、辰彦にとっても学校にくるのが楽しくなればいいと思うだけ。それなのに、自分の心の中に何かモヤモヤしたものが広がっていた。

庄田と一緒に電車に乗っていて、彼との会話に上の空で返事をしながら、辰彦のことを考えている。そんな自分がなんだかよくわからない。近頃の自分はやっぱり変だ。

「多分、ロビーで待っていると思うんだ」

駅に着いて庄田が駿をそのホテルへ連れていく。駿一人なら制服で入っていくのはちょっと気が引けただろう。正面入り口にはドアボーイがいて、恭しく頭を下げて出迎えてくれるようなホテルは親と一緒に食事をしたり、親族の祝い事くらいしか利用することがない。

庄田は慣れた様子でロビーのソファに駿を促して座ると、周囲を見渡している。約束している従兄弟の姿を探しているのだろう。

「おかしいな。もうきていると思ったんだけどな。ちょっと待ってて。フロントに何か伝言でも残していないか聞いてみるよ」

そう言いながら携帯電話を片手にしてフロントデスクに向かっていく。駿はなんだか落ち着かない気持ちで待っていたが、すぐに庄田が戻ってくる。

「ロビーじゃなくて、部屋で待っているんだって」

「えっ？　部屋ですか？」

「うん、彼、今夜はここに泊まるらしいから。ちょっと一緒に上にきてくれる」

庄田の従兄弟がどこの出身の人なのか知らないが、都内の医学部に受かったと聞いた。だったら、今は都内で暮らしているはず。それなのに、どうしてホテルに泊まったりするのだろう。よくわからないが、何か事情があるのかもしれない。そのときはぼんやりとそう思っただけだ。

部屋のある十一階に着いて、庄田に促されてその部屋の前に行く。そこでまた少し奇妙に思ったのは、彼がノックしないで、制服のポケットから取り出したカードキーでドアを開けたこと。

駿が怪訝《けげん》な顔をしていると、従兄弟は少し買い物に出ていてフロントに鍵をあずけていったと言うのだ。さっきは部屋で待っていると言っていたはず。駿の中で奇妙だと感じることが重なっていくが、それを言葉にして確認することができないでいた。

そうしているうちにドアが開かれ、軽く背中を押されて部屋の中へ入る。

「あ、あの、先輩……」

やっぱり部屋の中には誰もいなくて、庄田と二人きりの状態が急に怖くなった。

「従兄弟の人がいないなら、また今度でも……」

「すぐに戻ってくるはずだよ。それより、こっちへおいで」

腕を引かれて部屋の奥のダブルベッドに座るように言われる。逃げたほうがいいんだろうか。それとも、庄田は本当に好意で駿に従兄弟の話を聞かせようとしてくれているのだろうか。頭の中でいろいろなことを考えていたが、なんだかうまくまとまらない。まとまらないから部屋を飛び出す決断もできない。

そんな駿の隣に庄田がくると、以前自習室で並んで座っていたときのようにそっと膝《ひざ》に手を置いてくる。駿の体が露骨にビクリと震えた。

「何？　どうしたの？」

「な、なんでもないです……」

そうは言ったものの、自分がしくじってしまったとこのときにはわかった。でも、どうすることもできない。急に立ち上がって走り出そうものなら、庄田が一気に自分をつかまえてベッドに押し倒すんじゃないかという恐怖で体が硬直していた。

「ねぇ、相変わらずあの一年は美術室にきているの？」

駿は緊張から声が出なくて、小さく頷いた。嘘《うそ》を言ってもあまり意味はないと思ったのだ。

「そう。彼さ、案外成績もいいらしいね。不登校の理由も病気だとか怪我だとかって話だけど、本当のところどうなの？　仲良くしているなら、聞いているんじゃない？」

「よ、よく知らないです。そういう話はしないから……」

本当のことは知っているけれど、たやすく人に話していいとは思っていない。すると、庄田はすぐに興味を失ったように他のことをたずねる。

「それで、駿はあの一年のことをどう思ってるの？」

「どうって？」

「好きなの？」

「あ、あの、学年は違うけど、友達みたいな感じで……」

他の高校のことはよくわからないが、駿たちの学校はクラブ活動もほとんど形骸化《けいがいか》しているし、学年を超えての交流というものが比較的少ない。個人的に知り合いであったり、何か理由がなければ、同じ学年での友人関係が普通だ。

だから、駿が庄田に可愛がられているのも周囲には珍しく見えていただろうし、辰彦と駿もこの学校ではあまりない友人関係ということになる。

「友達ねぇ。でも、二人きりで美術室にいるんだろう？」

庄田はあからさまに疑いの目を向けてくる。駿がそんな視線を避けてしまうのは、自分の顔色や表情を読まれたくないからだ。

「二人きりで何しているの？」

「僕は絵を描いているだけで、彼は本を読んだり、音楽を聴いたりで……」

「本当にそれだけ？　あいつに何かされていない？」

そうたずねるとともに、駿の太ももをゆっくりと手のひらで撫《な》でる。もう片方の手はいつしか駿の肩に回っていて、庄田の体へと引き寄せられる。

「あ、あの、従兄弟の人は……？」

「そのうち戻ってくるかな」

そんなことはどうでもいいという口調から、やっぱり最初から従兄弟なんてきていないのだとわかった。

「僕、塾の時間があるので帰ります。帰りたい……」

「まだ、時間はあるだろ。それより、俺の質問に答えてないよ。なんで答えないの？　やっぱり、あいつに何かされたからか？」

最初はいつもどおりの口調だったのに、最後にはやや厳しい詰問口調になってきて、駿は怯《おび》えから必死で身を引こうとする。だが、庄田の手がそれを許さない。

「何をされたのっ？」

「な、何も……っ」

否定をしようとした瞬間、あのときの美術室での出来事を思い出してしまった。その途端、駿の頬がカッと熱くなり、自分でも顔が赤くなっていくのがわかるほどだった。そんな顔を見れば、庄田でなくてもやっぱり何かあったと勘ぐるだろう。

「あんな奴に好きにさせたのかっ？」

「そ、そうじゃないです。何もないですっ」

いまさら否定しても、もう庄田は聞く耳を持ってはくれない。

「あんなに可愛がってやったのに、どうしてなんだっ？」

それを言われると、駿には返す言葉がなくなってしまう。自分が望んだことかどうかはともかく、面倒を見てもらったのは事実だから。けれど、それと辰彦のことは関係ないはずだ。そのことを訴えたくても、感情をあらわにして怒鳴る庄田に、怯えきっている駿がものを言えるわけもなかった。

庄田は力任せに駿をベッドに押し倒すと、そのまま馬乗りになってくる。慌てて体を返してベッドの上を這《は》って逃げようとしたが、肩をつかまれ体をまた返された。

今度こそ身動きできないように腰に跨ってきた庄田は、駿の肩を強く押さえつけたままきつい眼《め》で睨《にら》みつけてくる。

「なんで、おまえまで俺のことを無視するんだよっ。最初からそうだったよな？」

「ど、どういう意味……？　僕、そんなつもりは……」

庄田の言っていることがよくわからなくて、言い訳の言葉もしどろもどろになる。

「ちゃんと俺を見ろよ。俺が可愛がってやってるんだから、それでいいじゃないかっ」

叫ぶように言うと、庄田は駿の制服のネクタイを乱暴に引き抜き、ニットベストを脱がせる。シャツの前もボタンを引きちぎるような勢いで開き、いきなりそこに唇を押し当ててきた。

「い、いやっ、いやだ……っ」

「うるさいっ。じっとしてろよっ」

そんな言葉とともに、頬に痛みが走った。ハッと目を見開いたのは自分が平手打ちをされたのだとわかったから。まさかそんな直接的な暴力を受けるとは思わなかった。

「おまえは俺の言うとおりにしていればいいんだよ。俺の言うとおりに……っ」

頬を打たれて痛かったのは駿のほうなのに、なぜか庄田のほうが苦しそうに顔を歪《ゆが》めている。そして、片手で肩を押さえたまま、もう片方の手で駿の胸を撫で回してくる。

「やめて……っ、やめてよぉ……っ」

駿は震える声で訴えるが、もう庄田はそんな声も聞こえていないようだった。

「クソッ。なんであんな奴にっ。なんで俺じゃないんだっ？　おまえまで俺を馬鹿にするのかっ」

いったい庄田は何に対して腹を立てているのだろう。彼の視線は駿を睨みつけながらも、まるで違うものに向かって恨みごとを吐いているようだった。けれど、彼の胸の内よりも今はどうにかして逃げ出すことが先決だった。

暴れれば暴れるほどに、庄田の押さえ込む力も強くなる。それに、また打《ぶ》たれるかもしれないと思うと、彼が手を持ち上げるたびに体が硬直する。

「大丈夫だよ。もう打ったりしないよ。だから、駿も大人しくしていてくれよ。痛いことじゃないさ。それくらいわかるだろ？」

「い、いやだっ。そんなのしたくない……っ」

「どうして？　一年の奴とはしたんじゃないの？　だったら、俺とだっていいだろ？　だいたい、俺のほうが先にするはずだったのに、なんであんな奴にさせたんだ？」

「違う。何もしていないっ。何もしていないからっ」

何もしていないことはない。二人で触れ合って果ててしまったのは事実だ。でも、それは庄田に責められることじゃない。あれはあくまでも辰彦と駿の間のことなのだ。

「嘘だろ？　ずっと二人きりで一緒にいて、何をされているんだよ？　もう最後までやられたのか？　後ろも使われてるのかよ？」

口調もずいぶん乱暴になって、もう今の庄田には何を言っても通じないような気がした。それに、さっきから駿の体を押さえつける手もまさぐる手もあまりにも強くて、痛みさえ感じているけれど、どうすることもできない。

制服のズボンの前を開かれ、簡単に下着とともに下ろされてしまった。股間があらわになって駿は小さな悲鳴を上げた。

「なんかここもまだ子どもっぽいな。でも、あいつには触らせたんだよな？」

駿は首を横に振ったけれど、それが真実でも嘘でも関係ない。庄田はもうそうだと勝手に決めつけているのだから。

「ううっ、いやだよぉ。さ、触らないで……っ」

股間に手が伸びてきて、駿自身が握られる。辰彦にいきなり触られたときも驚いたし、少しは怖かった。でも、あのときは半分が下着越しだった。それに、苛立ちをあらわにしている辰彦であっても、彼が駿を傷つけることはないと信じる気持ちが心のどこかにあった。けれど、今の庄田は普段の彼とは違っている。優等生の仮面を脱ぎ捨てていて、彼自身が感情をコントロールできていないような気がする。そんな状態の庄田に、自分の一番プライベートで敏感な部分を握られたら怖くないわけがない。

「は、離してっ。お願いします。そういうの、いやだ……っ」

「うるさいっ」

片手で駿自身を握っている庄田の手を振りほどこうとしながら、もう片方の手で彼の胸を突っぱねる。だが、そんな駿の抵抗が鬱陶《うっとう》しいというように、頭を押さえて唇を重ねてこようとする。一瞬顔を背けようとしたが、握っている股間に力が入るのがわかり、息を詰めた駿が顎《あご》を仰《の》け反らせる。

そこに唇が重なってきて、強引に潜り込んできた舌先で口腔が舐《な》め回される感覚に、背筋がゾゾッと震えた。ひどく慌てたのと同時に、好きでもない人になぜそんなことをされているのだろうという嫌悪感だった。

「んん……っ、んく……っ」

息ができず、体の自由はきかず、股間を握られたままという苦しさに駿は呻《うめ》き声を漏らす。

庄田は唇を離すと、今度は駿の下半身に手を伸ばしてくる。ベッドの上でもがくたび、ベッドカバーが乱れていく。尻をついたまま後ずさっていこうとしたら、膝まで下ろされていたズボンと下着が全部脱がされてしまった。

そこへあらためて庄田が体を重ねてきて、駿の肩や胸に唇を押しつけながら言う。

「後ろ、使った？　奴と後ろでやったのか？」

さっきからやたらと「後ろ」にこだわっているが、その意味は駿にもわかっている。でも、そんなところを使うなんてとてもじゃないが信じられなかった。

女の子とつき合ったこともなく、キスだってこの間が初めてだった。辰彦にされたことも、正直なかなか自分の中で消化できなくて、「男同士なのに」とか、「下級生となんて」とか、いろいろな理由で頭の中を整理するのに時間がかかった。

それなのに、庄田はもっと恐ろしいことをしようとしている。駿はしたくない。そんなことをされるのは絶対にいやだ。

「やめてっ。離してっ。離してよぉ……っ」

もうなりふり構わず叫ぶ。すると、側にあった枕を口に押しつけられて、叫ぶこともできなくなる。そうやって駿に声を出せなくしておいて、言っていたとおり後ろをまさぐってくる。

「うう……っ。ぐぅっ、あぃ……っ、いや……っ」

くぐもった声で唸《うな》るけれど、庄田の体重全体で押さえ込まれていてはどうすることもできない。

「ふぅ～ん、思ったより狭いよな。でも、きっと潤滑剤とか使えば入るんだろうし、少しくらい痛くても我慢しなよ。本当はもっと優しくしようと思っていたのに、駿が逆らってばかりいるからこんなことになるんだぞ」

まるで駿の責任だというように、庄田はそこをさぐってくる。窄《すぼ》まりに指が触れたときに、顔の枕を撥ねのけるのと同時に、下腹が反射的に跳ねた。だが、それもまた力ずくで押さえつけられる。

そして、そこに何か濡れた感触があった。冷たさに体を緊張させていると、庄田が苛立ったような声で駿に命令する。

「おい、力を抜けよ。指も入らないだろっ」

指なんか入れられたくないからよけいに体を硬くすると、舌打ちする声が聞こえた。それでも言うとおりになんかできない。歯を喰《く》いしばるようにして、拳を握った手で顔を覆っていると、駿のそばに小さなビニールの袋が放り出された。

自分では使ったことはないが、それがコンドームの袋だということは知っている。庄田は指にコンドームを被《かぶ》せた状態で、さらにさっきの潤滑剤を使って駿の窄まりを押し開こうとしていた。

「ううっ、ぐぅっ、うっ、あぅ……っ」

「クソッ。本当に硬いな。なんだよ。力抜けってばっ」

頑《かたく》なに体を硬直させていて、どうしても指を押し込むのがうまくいかないとわかるとようやくそこから指を抜いてくれた。諦めてくれたのかと思い、ホッとして駿も一瞬だけ体を弛緩させた。ずっと息を詰めて体を硬くしているのも辛《つら》かったのだ。

だが、その瞬間を狙っていたかのように、駿の体をうつ伏せに返すと双丘を両手で割り開いて、すでにコンドームをつけていた庄田自身を押しつけてくる。入り口あたりはたっぷりと潤滑剤を塗られていて、その滑りを使って一気に駿の体の中へ入ってこようとする。

「いやっ、いやだっ。やめてーっ」

掠《かす》れて悲鳴を上げてさっき以上に体を硬くする。絶対にいやだという思いが全身に伝わり、指先から足先まで駿は体を石のように硬くして泣き叫ぶ。

こんなことを計画して、そのための準備もしていた庄田もまた、それほど男同士のことに慣れていたわけではないようだった。どんなに自分自身を押しつけても、そこへ押し込むことができないとわかると、もう一度舌打ちをして、校内では絶対に口にしないような悪態をついた。

どうしても思うままにできないと諦めたのか、硬くなった自分自身をそのまま駿の双丘の間に挟む。さっきとは反対に両手でそこを強く押さえつけると、そのまま激しく動かしはじめた。

「うう……っ、いやぁ……っ」

それは痛い行為ではなくても、駿にとっては辛くて苦しくて、気持ち悪い行為だった。なんで自分の体が、こんなふうに使われているのだろうと思う。どうして庄田はこんな目に遭わせるのだろう。

彼は二言目には駿が可愛いと言うくせに、彼の思いどおりの行動をしなければこんなふうに力ずくで服従させようとする。そんな行為のすべてが駿には納得できないし、今この瞬間が苦痛でしかない。

駿が上げる悲痛な叫びは、庄田にはどうでもいいようだった。自分が果てるためにだけに、夢中で体を動かしている。駿は押さえつけられたままじっとしているしかなくて、まるで人間の指先一つで弾《はじ》き飛ばされたり、押し潰《つぶ》されたりする小さな虫にでもなったような気分だった。

「うく……っ、し、駿っ、あっ、いく……っ」

そんな呻き声をとともに、庄田が駿の双丘を使って果てた。コンドームを使っていたから、彼のものが直接駿の体にかかることはなかった。駿自身はこの状況に辛抱しているだけで、とてもじゃないが果てるどころではなかった。

背中から覆い被さるように崩れ落ちてきた庄田の体の重みとともに、自分の体が使われたという気持ちで情けなくなり嗚咽《おえつ》が漏れた。すると、そんな駿の声を急に案じて、庄田が何度も髪の毛を撫でてくるのがわかった。

そんなことはされたくもない。けれど、覆い被さっている彼の体を撥《は》ね除《の》ける力もない。ただ、惨めさに泣きながら、うつ伏せて自分の顔を隠しているばかり。そんな駿の耳元で、庄田は何度も「ごめんね」といつもの優しい声色に戻って言う。

でも、そんな言葉は信じられない。辰彦のしたことと、庄田のしたことは違う。同じ行為でも駿の中での感じ方が違う。それに、辰彦の「ごめん」と庄田の「ごめん」も違うと思った。

辰彦の「ごめん」には彼の後悔がいっぱい詰まっていた。でも、庄田の「ごめん」には、それ以上に自己満足に満ちていた。このとき、駿は本気で庄田という人間を好きにはなれないと思った。

これまでは少しばかり強引でも、悪い先輩ではないと思う気持ちはあった。校内の彼の評価を考えれば、きっといい先輩に違いなくて、彼の親切を素直に受け入れられない自分がわがままなのだと思う部分があったのだ。

でも、違う。彼は駿が可愛いわけではない。彼には彼なりの何か事情があって、その消化しきれないものや満たされない何かを、駿という存在で解消しようとしているだけだ。

でも、これはいやなことをいやとはっきり言えない弱い自分が招いたことだ。辰彦の言うように、自分の意思をはっきりと言える人間でいて、それによって孤独になったり面倒を背負ったりすることを厭《いと》わない強さがあれば、こんな目に遭うこともなかった。

そう思うと、このときの駿は声を上げて泣きたい気持ちさえ萎《な》えてしまい、心底自分自身が情けなくなるのだった。


「熱はそう高くないし、風邪の前兆かな。あるいは、疲れで免疫力が落ちているのかもしれないな」

庄田にホテルに連れ込まれたあと、駿は塾へ行くこともできないまま帰宅した。そして、その夜に微熱を出して、夕食の席にも着かずベッドに倒れ込んでしまった。

内科医の父親の診断を聞いて、母親は常備している薬を粥《かゆ》と一緒にトレイにのせて部屋まで持ってきてくれた。梅雨《つゆ》時は案外風邪の患者が多いようだ。思いがけず冷え込んだり、翌日には蒸し暑くなったりで、気温の変化に体調がついていかなくなるらしい。

「無理をしてこじらせると困るから、大事を取ったほうがいいかもしれないわね」

そう言った母親は、明日も熱が下がらなければ学校を休むようにと言う。でも、明日は水曜日で美術室に行く日。そして、辰彦に会える日だ。

そう思ったけれど、庄田にあんなことをされて、どんな顔で辰彦に会えばいいのかわからないでいた。きっと自分は隠しきれない。情けなさに落ち込んだ表情を見て、辰彦が何も気づかないわけがない。彼は飄々とした素振りでいて、実はとてもいろいろなものをよく見ていて、カンも鋭いのだ。ごまかせるはずもない。

でも、一日休んだからといって自分の気持ちの整理がつくだろうか。学校に行けば、庄田もいるのだ。

『駿は俺のものだからね。今日はうまくできなかったけれど、次はちゃんとやろうね。だから、これからもずっと俺から離れたら駄目だよ』

庄田は自分が剝《は》ぎ取った制服を駿に着せながら、そんなことを言った。どうしてそこまで自分に執着するのかわからなくて、駿はただただ怖かった。

（どうしよう、どうしたらいいんだろう……）

困惑と憂鬱《ゆううつ》がその夜の駿を苦しめた。夢の中で何度も庄田が出てきて、逃げようとすれば押さえ込まれる。痛くて、怖くて、気持ちが悪い。そんなことをされたら自分が自分でなくなってしまうと必死で抵抗するけれど、勝てるはずもない。そして、いつものように諦めが自分を支配する。

どうせ何もできやしない。自分が立ち向かったところで勝てやしない。そして、行き着く先は流されてしまうこと。将来のことも目の前の問題も、顔を上げて直視しなければいい。これまでみたいに俯いたままでいれば、いつか嵐は頭の上を通り過ぎていってくれるかもしれない。そんな気持ちで駿は自分の足元を見つめようとしたときだった。

『そんなわけないだろ。逃げていたらいつまでも同じだ。ずっと同じところをグルグル走っているだけで、ゴールなんかないんだよ』

ハッとして顔を上げた。目の前にはゴールのないトラックを疾走する辰彦の姿があった。驚いた駿は思わず駆け寄って声をかける。走っている彼に向かって、両手をメガホンのように口に当てて叫ぶ。

『足は大丈夫なのー？』

だが、辰彦はそんな駿の声など聞こえないように、どんどんとスピードを上げて走っていく。ゴールがないトラックを延々を走っていて苦しくないのだろうか。無理をしないように医者に言われているという膝は大丈夫なんだろうか。

駿のほうがハラハラとして見ていると、やがて辰彦はトラックの一辺からコーナーを曲がることなく、真《ま》っ直《す》ぐにどこかへ向かって駆けていく。

どこへ行くんだろうと思い追いかけながら彼の名前を呼ぶけれど、辰彦の背中はどんどん遠くへと去っていく。そして、トラックには誰の姿もなくなった。たった一人、駿だけがそこに残っている。猛烈な孤独感が自分を包み込み、その場にしゃがみ込んで今にも泣きそうになったとき、耳元で聞きなれた電子音がした。

「いやだ……っ」

微《かす》かに漏した駿の声を、じょじょに音量を上げていく枕元の携帯電話のアラームがかき消す。それを手に取って、アラームを解除してから寝返りを打つ。大きな溜息《ためいき》をついたのは、自分が夢を見ていたのだとわかって安堵したから。でも、それだけではない。目覚めた朝にも何も解決していない現実を思い出し、また心が塞ぎ込む。

(でも……)

夢の中の辰彦の姿を思い出して、駿は不思議な気分になった。彼が陸上競技をやっていたことは知っている。中学のときからいい成績を上げて、期待される選手だったという。でも、駿は彼がトラックを走る姿など一度も見たことがない。なのに、まるで中学時代の彼を知っているかのように、颯爽《さっそう》と風を切って駆ける姿を夢に見た。

それは、ぼんやりと想像していた以上に凛々しい姿だった。真っ直ぐに前を見て、鋼《はがね》のように鍛えられた若い肉体が動く様はそれだけで芸術のようだと思った。

ドガは踊り子の躍動感を、まるでカメラを構えていてシャッターを切るように絵にして写し取った。その感覚が、昨夜の夢で駿にも理解できたような気がした。それくらい、夢の中の辰彦は生き生きとして美しかったのだ。

そんな夢を見たばかりだから、辰彦に会いたいと思った。でも、なんだか体がだるくて起き上がる気になれない。携帯電話を握り締めたまま目を閉じているうちに、またうつらうつらと眠りに落ちる。

頭の中では、起きて学校にいかなければと思っているのに体が動かない。辰彦に会いたいという気持ちと、会ってどんな顔をしたらいいのだろうという気持ちが入り混じって、駿の心はただ苦しいばかりだった。


「今日は奥様が早めに戻られると言っていましたよ」

昼間に家のことを手伝いにきてくる家政婦さんが、そう言って駿の昼食を用意してくれた。

普段は彼女と滅多に顔を合わせることもない。両親が近くの医院でそれぞれ診療している間に、掃除や買い物、夕食の下準備をしてもらっているが、今日は駿が学校を休んだせいでよけいな仕事を増やしてしまい申し訳ない気持ちだった。

朝のうちはまだ全身がだるかった駿の体調も昼を過ぎた頃には平熱に戻り、気分もずいぶんとよくなった。父親の診断が間違っていたとは思わないし、疲れ気味で免疫が落ちていたのは事実かもしれない。でも、熱を出したのはおそらく別の理由。庄田にされたことがショックで出した、精神的なものだと思う。

そして、学校へ行きたいのに行きたくないという相反する気持ちが自分の中で渦巻いていて、結局子どものように熱を出して現実から逃げ出してしまっただけのような気がしていた。

(本当に、どこまでも弱虫なんだよな……)

心の中で呟けば、ますます自分が情けなくなってしまう。

午後からはベッドを出て勉強机に向かった。とりあえず、昨日は塾を休んでしまったし、今日の学校の授業の分もテキストを見て自分なりに進めておいたほうがいい。一日くらいの遅れではどうということもないけれど、何かをしていなければ心が落ち着かなかった。

やがて、午後の四時を過ぎる頃、家政婦さんが今日の仕事を終えて一声かけにきた。夕食の下ごしらえも終わり帰宅するが、駿の体調は大丈夫かと確認しにきてくれたのだ。

「もう大丈夫です。ありがとうございます」

「まだ二年生ですもの。そう根をつめなくて平気ですよ。ご両親に似てもともと優秀なんですから」

きっと駿が焦っていると思ったのだろう。彼女なりの慰めの言葉をかけてくれたのは有り難かったが、本当はそういう理由ではない。

昨日の出来事を忘れてしまいたい気持ちや、絵を描きにいけなかったこと、辰彦に会えなかったこと、そんないろいろな気持ちの整理がつかなかっただけ。それならいっそ数式でも解いているほうが、頭の中を空《から》っぽにしていられる。他に逃げるものがないから、数字を詰め込んでいるにすぎなかった。

やがて家政婦さんが帰宅して家で一人になると、駿は勉強机から立ち上がり本棚の前へ行く。そこにあるお気に入りの画集を出してきて、それを床に広げて眺める。

パリのオルセー美術館の画集だ。十五歳の誕生日プレゼントに買ってもらったカラーの豪華本だった。オルセーは駅舎を改築した建物そのものの価値が高く評価されているが、ルーブル美術館に比べたら所蔵している絵は数も質も劣ると思われている。

だが、駿はオルセーが所蔵する作品に好きなものが多い。特に、印象派のパトロンであると同時に画家でもあったカイユボットの絵が好きだ。「床に鉋《かんな》をかける人々」など、彼の一連の作品に心惹《ひ》かれる。

それまでありがちだった優美な人々の姿ではなく、上半身裸で汗を流して働く人の肉体美がそこにあって、眺めているとなんだか胸がドキドキしてくるのだ。夢中で鉋をかけている俯き加減の中央の男は、顔を上げればどんな表情をしているのだろう。

カイユボットは絵を愛する資産家で、印象派の絵を多数収集していたことで今のオルセー美術館ができたといっても過言ではないと言われている。

当時はまだその価値を完全に認められていたわけではない印象派の保護のために、自分の経済力を惜しげもなく使った勇気はすごいと思う。けれど、きっと彼の中には自分もまた画家であるという強い気持ちがあったのだろう。画家としての彼の視線が、何よりも駿の心をくすぐるのだ。

いつしかうっとりとした気分で、絵の中の作業をする男たちを眺めていると、携帯電話が鳴った。ハッと現実に戻り、駿が立ち上がって勉強机に置いていた携帯電話の着信表示を見ると辰彦からだ。番号を教え合ってから初めての電話だった。

（あっ、そうか……）

この時間だから、いつものように美術室に行ったのに駿がいなくて、部屋の鍵も開いていないからどうしたのかと思ったのだろう。

『駿先輩、もしかして今日学校を休んでたのか？』

駿が電話に出るなり、心配そうな声で辰彦がたずねる。

「ごめんね。ちょっと風邪気味で、微熱があったから休んじゃった」

嘘は言っていない。けれど、それだけではない。他の理由があるけれど、辰彦には言えない。それは彼を心配させたくないし、自分の身に起きた恥ずかしいことを隠しておきたいという保身からだ。ずるいかもしれないが、辰彦に真実を告げたところで何も解決しない。これは駿自身が向き合わなければならない問題だ。

『そっか。今もまだ熱があるのか？　だったら、すぐに切るよ。ゆっくり休んだほうがいいだろうから』

辰彦は電話で話しているだけでも駿の体にさわるのではないかと案じるようにそう言うと、早々に電話を切ろうとする。でも、駿はそんな彼を止める。

「もう熱は下がったんだ。明日からは学校に行けると思うよ。だから、金曜日にはまた絵を描きにいくつもりだし」

『無理しないほうがいいけど、大丈夫そうならよかった。で、今何してんの？　ベッドにじっと寝転がってるのって案外退屈じゃないか？』

怪我で走れなくなって自暴自棄になったときや高校に入ってからの不登校の頃、辰彦は何時間も自分の部屋のベッドで寝転がって過ごしていたと言っていた。そのときの経験から、そう思ったのだろう。

「そうだね。退屈だから、今起きてきて好きな画集を見てた……」

そう説明している途中、床に広げた絵に視線を戻し突然あることを思いついた。

「あっ、そういえば、似てるかも。うん、そうかもしれない」

いきなり駿が言ったので、電話の向こうの辰彦が素っ頓狂な声を上げる。なんの話かさっぱりわからず、まだ熱があって奇妙なことを言い出したのかと思ったらしい。なので、駿が慌ててたった今思いついたことを話して聞かせる。

さっきまで駿が見ていたお気に入りのカイユボットの絵。鉋をかける男の筋肉のつき方や体型が、どこか長身の細身でいてうっすらと筋肉のついた辰彦の体を思い出させたのだ。カイユボットの絵はもう目に焼きつくほど見てきた。だから、夏の制服姿になったときの辰彦の腕の筋肉を見たとき、自然とその体に絵の男の肉体を重ねていたのかもしれないと思った。

そんな事情を説明すると、辰彦はその絵を見たことがないのでよくわからないと言った。駿がインターネットで検索すればすぐに出てくると教えると、彼は探してみると言う。どうやら自分に似ている男というのが気になっているらしい。そして、なぜか得意気に聞いてくる。

『そいつ、顔も俺みたいにカッコイイんだろう?』

「えっと、顔は見えないんだけど……」

駿が正直に言うと、なんだそれはと辰彦が不満そうな声を上げる。有名な絵画のモデルになった男ならきっといい男だと思ったのだろう。だが、ファッション雑誌のモデルじゃないから、モデルが必ず美貌の人物とはかぎらない。そして、カイユボットの場合、動きのある場面を切り取ったような構図が多く、正面からモデルの顔を描いている作品は案外少ないのだ。

そのことを説明しながら、駿は少しずつ気持ちが落ち着くのを感じていた。辰彦はまるで駿にとって精神安定剤のような存在だ。彼とならどんな馬鹿話をしていても楽しい。一緒にいるともっと楽しい。だったら、今日も少しくらい無理をしてでも学校に行けばよかったと思った。

本当は今日も美術室で一緒に時間を過ごすはずだった。辰彦も放課後の居場所に困っているだろう。あるいは、近頃友達もいるみたいだし、美術室という逃げ場がなくても平気なのかもしれない。駿にとっては寂しいことだけれど、辰彦にとってはきっといいことなのだ。

『とにかく、案外元気そうで安心した。じゃ、また明日。それで、よかったら……』

「よかったら、何？」

辰彦が電話の切り際に、彼らしくもなく何か言い淀《よど》んでいるので駿がたずねる。

『明日は駿先輩が塾の日だから放課後は一緒にいられないし、せめて昼くらい一緒に食べたいかなって思って……』

そんなことかと思った。昼はいつも時間をずらしてカフェテリアへ行く駿だが、近頃の辰彦はクラスメイトに誘われているのか早い時間に利用しているようだ。なので、最初に庄田と話しているときに割り込んできたとき以来ランチを一緒に摂ることはなかったが、もともと学年が違えば交流の少ない校風なのだ。

違う学年同士が一緒にカフェテリアを利用していると目立ってしまうかもしれないが、辰彦はそんなことを気にする人間じゃない。けれど、駿はといえば一人で食べることに慣れていたから、そんな誘いが妙に気恥ずかしかった。

「う、うん、そうだね。辰彦がいやじゃなかったら、僕はいいよ」

『じゃ、約束な』

そう言って電話が切れた。明日は学校へ行こう。学校なんて好きだったことは一度もなかった。でも、今は嫌いじゃない。あそこへ行けば絵も描けるし、辰彦にも会える。

庄田とのことが頭を過ぎったが、自分の気持ちを強く持とうと思った。そうするしかない。誰にも相談できないなら、自分でどうにかするしかない。その方法は何も思いつかないけれど、閉じこもったままで逃げていたら辰彦にも会えない。

庄田の理不尽な行為に怯えて、描くことと辰彦に会うという自分にとって大切なことを二つとも失うのはどうしてもいやだった。

◆◆

翌日には熱もなく、駿はいつもどおり学校に行った。午前中の授業を終えて、辰彦との約束どおりカフェテリアへ向かう途中だった。

彼のほうから気遣ってくれたのか、駿がいつも利用している時間に合わせてくれたので、すでに昼食を終えた生徒たちが校庭でバスケットをしていたり、廊下にたむろして話していたりした。

駿は片手に一冊の美術雑誌を持っていた。あれから自分の本棚を探してカイユボットの「床に鉋をかける人々」の写真が載っているものを見つけたのだ。大判の画集を持ってくるのは重すぎるが、雑誌くらいなら鞄に入る。

これを見せたら、辰彦はなんて言うだろう。やっぱり顔が見えていないから不満だろうか。それとも、この働く男の美しさに共感してくれるだろうか。少し心を躍らせながら、カフェテリアに向かっていると、途中の廊下が何やら騒がしい。

誰かが悪ふざけをしているのかと思ったが、次の瞬間聞き覚えのある声が耳に入った。

「ふざけんなよっ。あんた、自分のやっていることがわかってのかよっ？」

ギョッとしたのは、それが辰彦の声だとわかったから。振り返ってそちらのほうを見ると、人だかりがしていて、誰からともなく「やめておけよ」とか「誰か止めろっ」という怒鳴り声がして、数人が揉《も》み合っているのが見えた。

慌ててその場に駆けていくと、揉め事の中心にいたのはやっぱり辰彦だった。そして、その向かいに立っているのは庄田だ。辰彦は庄田の襟首をつかんでいるが、同じように庄田もまた両手で辰彦のシャツの胸倉をつかんでいる。今にも殴り合いが始まりそうで、駿は息を呑んだままその場で固まった。

「おまえにとやかく言われる話じゃないっ」

「同意じゃなきゃ犯罪だろうがっ」

「失礼だな。人を犯罪者呼ばわりして、どうなると思っているんだ?」

「どうにもなるかっ。そっちこそ、なんでも自分の思いどおりになると思うなよっ」

周囲のみんなはつかみ合っている二人を見て大慌てだが、彼らの会話を聞いてハラハラしているのは駿だけだ。それは、その意味がわかっているのが駿だけだからだ。

「おいっ、誰か、先生呼んでこいよっ」

自分たちではどうにもならないと思ったのだろう。誰かがそう叫び、駆け出す生徒がいた。辰彦は怒りにまかせて庄田を殴ろうとして、そばにいた同学年の連中に寄ってたかってその腕をつかまれていた。庄田は自分のシャツをつかんでいる辰彦の手を払いのけると、乱れた制服を整えて少し距離を取っている。

それでも、まだきつい目で睨み合っているところに、男性教師が数人やってきた。

「おい、おまえたち、何をやっているんだっ?」

「そこの二人、離れなさい。ほら、他の連中も離れてっ、離れてっ」

生徒たちがひしめき合っていた輪の中に駆け込んできたのは、体育教師と三年の学年主任だった。睨み合っている二人をさらに引き離すと、間に入って学年主任がたずねる。

「庄田、おまえがなんでこんなことになってるんだ？」

まさか優等生の庄田が喧嘩の当事者だとは思わなかったのだろう。体育教師も辰彦の肩を片手で押さえたまま、庄田の言い分をまず聞こうとしている。優秀な三年生といろいろと問題や噂のある一年では、まず三年に意見を聞こうというのはわかる。だが、喧嘩の原因はおそらく駿のことだ。だったら、非があるのは庄田のほうだ。

どちらが先に手を出したかはわからないが、何を言われたにしても三年に喰ってかかり襟首をつかみ合うような状況になったのだから、辰彦も当然のように責任を問われるだろう。

「知りませんよ。その一年がいきなり飛びかかってきただけですから」

庄田が涼しい顔で言うと、教師たちは辰彦のほうを見て確認する。辰彦はそっぽを向いたまま答えようとしない。原因がわからなければ注意や処分のしようもなくて、教師たちはとにかく二人ともを教員室に連れていくことにした。

「とにかく、双方の話を聞いてからだ」

「まったく、うちの学校で殴り合いの喧嘩だなんて、前代未聞だぞ」

友人同士の小さな小競《こぜ》り合いはあるが、取っ組み合いの喧嘩などまずない。そういう学校

だから、教師にしても半ば困惑した様子だった。それも、よりにもよって優等生で校内でも信頼の厚い庄田がかかわっているのだから、呆《あき》れるやら驚くやらといった様子だ。

野次馬は皆、体育教師の一声で散り散りになっていき、やがてその場には少し離れたところに立っていた駿だけが残される。

（ど、どうしよう……）

美術雑誌を持ったまま、駿は自分の口元を拳《こぶし》で押さえながら震えていた。まさかこんなことになるなんて思ってもいなかった。

二人のあとをついていくように駿もまた教員室まで行ったが、中に入ることもできない。教師たちから見れば、二人の喧嘩にどうして駿が事情を説明しに入ってくるのか理解できないだろう。駿だって、どんな言葉で自分たちの関係を説明すればいいのかわからない。

昼休みが終わるまで、ずっと教員室の前でうろうろしていたものの、結局午後の授業の予鈴が鳴っても二人は教員室から出てくることはなかった。

その日の午後から辰彦の姿は学校になかった。

一年の教室まで行ってたずねると、辰彦は謹慎処分となっていて午後からの授業を受けずに帰宅したということだった。片や庄田のほうは放課後に友人とともに下校していく姿を見かけたので、特別な処分はなかったのかもしれない。

駿はいても立ってもいられない気分で、下校途中に辰彦の携帯電話に連絡を入れたが、留守番電話サービスに繋《つな》がって辰彦が電話に出ることはなかった。

塾に行って自宅に戻ってからも何度か辰彦に電話を入れたが彼が出ることはなくて、送ったメールの返信もこない。

翌日の金曜日に登校すると、校内は庄田と辰彦の喧嘩の話題で持ちきりだった。噂にいろいろな尾ひれがついて、中には辰彦がナイフを持ち出して、いきなり庄田に飛びかかっていったという物騒な話までまことしやかに話されていた。

それでも、庄田はいつもと変わらず登校して授業を受けていたし、本人がちょっとした小競り合いが大事になっただけと笑っているので、放課後にはすでに過去のことになってしまったかのように誰の口にも上らなくなっていた。

来週からは一学期の期末試験というタイミングだったから、誰もが面白がって噂話に夢中になっている場合ではなかったのだ。

けれど、駿だけは二人の喧嘩の事情を知らないままではいられなかった。いくら辰彦と庄田の仲がよくないからといって、いきなり廊下で取っ組み合いを始めるはずもない。

現場を見ていた生徒の話だと、廊下ですれ違ったときに庄田のほうから辰彦に何かを言ったらしい。それを聞いた辰彦がいきなり激昂《げっこう》して、庄田につかみかかったという。そして、それはおそらく本当だと思う。

結局、先に手を出したということで、辰彦だけが一週間という謹慎処分を受けたのだ。庄田は被害者ということで何も処分はなかった。普通なら理由はなんであれ、双方が手を出したら同じように処分されるが、普段の素行や庄田が成績優秀であること、それに三年で受験を控えていることなどが考慮されたのだろう。

金曜日の放課後は美術室に行かなかった。試験前でクラブ活動が禁止になっていたこともあるが、辰彦に直接会って話を聞かなければならないと思ったのだ。

彼が庄田に殴りかかった理由は、なんとなく想像できた。駿もあの場に遅れて駆けつけたとき、少しだけ二人の会話を耳にしていた。おそらく、庄田は駿について何か辰彦に吹き込んだのだろう。

（多分、ホテルでのことだ……）

そうでなければ、辰彦が「同意」とか「犯罪」などという言葉を口にするわけがない。けれど、教師から喧嘩の理由を聞かれたとき、辰彦は何も言わないでくれたのだろう。だからこそ、辰彦だけが自宅謹慎になり、庄田には何も処分がなかった。

そして、この件について駿が呼び出されて、教師からあれこれ事情を聞かれることもなかったのが何よりの証拠だ。結局、辰彦は駿のために怒ってくれて、駿のために本当のことを言わずにいてくれて、自分だけが処分を受けることになったのだ。

授業のあと学校を出ると、駿はいつものように電車に乗ったが途中のターミナル駅で家とは反対方向へ行く私鉄に乗り換えた。辰彦の家に行くためだ。

彼の自宅の住所は以前に聞いたことがある。番地までは知らないが、区や町名までは覚えていて、インターネットで調べればおおよそのエリアはわかる。そのあたりで「高幡《たかはた》」という名前の家を探せばいいと思っていた。

彼の家の最寄り駅を降りると、駅前にはショッピングモールやコンビニなどがある、わりと賑《にぎ》やかな新興住宅地だった。

駿が駅前にあった地域の区画地図を眺めてから、覚えている町名の方向へ歩き出してすぐのことだ。昔ながらの商店街の一角にあった店からいきなり自分の名前を呼ぶ声がした。どこから呼ばれたのかと振り返ってキョロキョロしていたら、商店街の外れのバイク屋から私服の辰彦が目を丸くして飛び出してきた。

「何やってんのっ?」

お互いにたずねた声は同時だった。辰彦はなぜ駿がこんなところにいるのかわからないといった様子だし、駿にしてみれば自宅謹慎中なのになぜ辰彦がバイク屋にいるのかわからなかった。

「えっと、謹慎中じゃ……」

「あっ、いや、そうだけど、家にいたら退屈で……。それより、なんでここに？」

「それは、その、昨日のことを聞こうと思って……」

お互いに顔を見合わせたまましばし黙り込む。すると、後ろからバイク屋の主人らしき人物が辰彦に声をかける。

「おーい、辰彦。これからバイクの納品に行かなきゃならないから、続きは明日な」

「うん、わかった。また、よろしく」

辰彦もそう叫ぶと手を振っている。それから、駿のほうへ向き直り説明する。

「あそこのバイク屋のオヤジさんにメカのこととか教えてもらってんの。邪魔しないなら見ててもいいっていうからさ」

「そうなんだ。もうすぐ夏休みだもんね」

夏休みになったら教習所に通って免許を取ると言っていた。そのために、メカの勉強も着着とやっているのだと感心した。だが、そこまで話してまた二人は気まずさに黙り込む。

「あ、あの、昨日から電話してたんだけど……」

「うん。ごめん。なんかどう説明したらいいのか、頭の中がまとまんなくてさ。メールも返信しなくてごめん」

辰彦が申し訳なさそうに言うので、駿は慌てて辰彦に謝らないでほしいと呟いた。

「きっと僕のせいだよね？　庄田先輩に何か言われたんだよね？」

あのことを辰彦に知られたと思うとたまらなく恥ずかしいし、そのことでもう彼が駿のことを以前のように見てくれなくなったんじゃないかと思った。昨日からメールの返事もくれないのは、たとえ不可抗力だったとはいえ抵抗できなかった駿に呆れていたからかもしれない。

俯き加減の駿に辰彦は大きな溜息を漏らす。それが駿の心に突き刺さり、なんだかきびすを返してこのまま帰りたくなってしまった。そして、今にも足をきた方向へ戻そうとしたときだった。

「立ち話もなんだから、家くるか？」

「え……っ、いいの？」

「駿先輩の豪邸に比べたらものすごい庶民の家だけどな」

駿の実家を見たときにふざけていたように、今度は自分の家のことをそんなふうに茶化して笑っている。もちろん、家のことなど関係ない。でも、辰彦が笑顔を浮かべたのを見て、なんだかものすごくホッとしていた。

そんな辰彦に連れられて彼の家の前まで行くと、ちょうど彼の母親が買い物に行くところなのか、玄関からエコバッグを抱えて出てきた。

「あら、いつの間に抜け出してたのよっ」

辰彦に似たスッキリとした美人顔の女性で、口調がサバサバした感じもやっぱり似ていた。

「退屈だったからバイク屋行ってた」

「謹慎中でしょうが。自分の部屋の隅っこで体育座りでもして反省してなさいよ」

「なんだよ、それ」

母親の言い草に辰彦が呆れたように、いつもの肩を竦《すく》めるポーズを見せる。そのとき、彼女が辰彦の背中に隠れるように立っている駿の姿に気がついた。

「あら、こちらは？」

「学校の先輩。心配して様子を見にきてくれた」

「ええっ、そうなの？　まぁ、わざわざありがとうございます。どうぞ、上がってちょうだい。ちょっと買い物に行ってきますけど、どうぞゆっくりしていってね」

そう言ったかと思うと、彼女は本当に珍しいものを見るように駿のことを頭からつま先まで見て、ニコニコと笑う。

「それにしても、こんな可愛らしい先輩が……」

「いいから、さっさと買い物行けよっ。そんで、そっちこそゆっくりしてこい。なんなら商店街の隅から隅まで全部の店先でだべって回ってくればいいから」

えらく乱暴なことを言っているが、母親は相変わらずニコニコしたまま手を振って出かけていった。

「なんか、明るくて面白いお母さんだね」

「確かに、無駄なくらい明るいな。俺が落ち込んでるときも不登校のときも、ずっと一人でニコニコしてんの。正直、オヤジより肝っ玉が据わってんじゃないか」

そういう親の支えがあったからこそ、辰彦は傷ついていてもまた前向きに歩き出すことができたんだと、このときはぼんやりと思った。

そして、あらためて家へと招かれた駿は誰もいないとわかっていても、ペコリと頭を下げて入っていく。

新興住宅地できれいに区画されたエリアの戸建は、まだ築年数が新しい感じだ。駿の家に比べれば小ぢんまりしているかもしれないが、通されたリビングからは花が植えられた裏庭が見えて、住んでいる人の温かみが感じられる家だと思った。

「俺の部屋、二階だから」

そう言って、駿を連れて階段を上がっていくと、廊下のすぐ右側の部屋に案内された。そこは六畳ほどの洋室で、目立っているのはバイクのポスターや雑誌、それに驚くほどたくさんの本が積み上げられていた。

「すごい本の数だね」

「不登校の頃に読み漁《あさ》ったやつだ。そろそろ始末しないと部屋が狭くなってきた」

そう言うと、辰彦は駿を自分のベッドに座るように促し、自分はデスクの前の椅子に腰かけた。駿がまだ部屋のあちらこちらを眺めていると、辰彦がちょっと呆れたように言う。

「何？　庶民の部屋がそんなに珍しい？　狭くて驚きってか？」

「そんなんじゃなくて。僕、友達の部屋にきたことって、多分小学校以来ないかもって思ってさ」

「マジで？」

本気で驚いている辰彦を見て、急に恥ずかしくなって俯いてしまった。何気なく言った言葉で、いかに友達がいなかったか証明してしまったようなものだった。

「それより、俺んちの住所、言ってたっけ？」

「町名までは聞いていたからどうにかなると思ってきたけど、正直あそこで声をかけてもらってよかったよ。一人でここまでたどりつけるどうかわからなかったから」

駿が説明すると、辰彦は電話してくれたら迎えにいってやったと言う。でも、辰彦は自宅謹慎中で、外には出られないと思っていたのだ。

「学校の人間が見張ってるわけでもないのに、誰がじっと家になんかいるもんか」

母親の言うように体育座りで反省はしなくてもいいと思うけど、ここまで開き直るのもどうかと思う。ただ、辰彦の場合、彼だけが一方的に悪いわけではないと駿も思っている。それを確かめたくてここまできたのだ。

「喧嘩の原因は、やっぱり僕のことだよね？」

駿が思い切ってたずねると、辰彦はしばらくの間口を閉ざしていた。そして、ゆっくりと自分の言葉であのときのことを説明しはじめる。

あの日、昼休みにカフェテリアに向かっていた辰彦と、教室へ戻る途中の庄田が廊下ですれ違ったときのことだった。

「いきなり俺のそばまできて言ったんだ。駿先輩がもう俺とはつき合わないと庄田に約束したってね」

駿が学校を休んだ日に電話で話していた辰彦はもちろん、そんなことは信じなかった。ただ、駿がいきなり熱を出したということが気になっていて、そのことに庄田がかかわっているのではないかと思い問い詰めたらしい。

「そしたらさ……」

一度言葉を区切ってから、大きく深呼吸して続ける。

「駿先輩のことを抱いたけど、すごいよかったって。ヒィヒィ泣いて可愛かったとか、もう俺のもんだからとか……」

すごく言いにくそうに呟いてから、「本当のことか？」と確認してくる。やっぱり、あのことを話したのだと思い溜息を漏らすとともに、駿は諦めたようにあの日の出来事を順を追って話した。

「ついていった僕も悪かったんだ。警戒心がなさすぎるってまた辰彦に怒られると思ったし、こんな惨めな自分は知られたくなかったから、内緒にしておこうと思ってた。ごめんね……」

本当に辰彦には知られたくなかった。でも、嘘はいずればれる。辰彦は小さく「クソッ」と呟いて、自分の太腿《ふともも》を自分の拳で打っていた。それを見て駿がもう一度謝ろうとしたら、彼が先に口を開いた。

「謝ることないだろ。悪いのはあいつなんだからっ」

そう言ってもらって駿は嬉しかったけれど、辰彦がひどく悔しそうな顔をしているのを見て、やっぱり申し訳ない気持ちになった。

「でも、ごめん。僕は本当に弱虫だ。君は間違っていると思ったことは、先輩だろうがちゃんとそう言える。それに比べて僕は本当に情けないや。自分のことさえ自分で守れない。どうしてこうなんだろうな。こんなふうだから、親にも自分の希望を言うこともできないでいる。僕はこんな自分が自分で嫌いだ……」

駿は辰彦のそばにいて安堵していると同時に、彼に嫌われてしまうかもしれない自分に泣き出しそうになっていた。そして、気がつけばポロポロと涙がこぼれて落ちる。

すると、辰彦は椅子から立ち上がると駿のそばまでやってくる。そして、ベッドに座っている駿の二の腕をつかんで立たせると、いきなり両手で力一杯抱き締めてきた。

「でも、俺は好きだ。俺はそういう駿先輩が好きだから、自分のことを自分で嫌いにならないでよ」

「好き……？」

力強く抱き締められたまま、駿が顔だけを上げてたずねる。

「うん。好きなんだ。庄田なんかに触らせたくないって思うくらい。それどころか、駿先輩のことを気にして美術室の周囲をウロウロしている奴とかまで邪魔だって思うくらい。俺、マジで駿先輩のことを独り占めできたらいいのにって思ってる」

確かに、美術室をウロウロしている連中がいるのは気づいていた。今に始まったことではなくて、以前から美術部に入りたい連中が様子を見にくることはあった。でも、あまりにも閑散とした様子に呆れて、誰もドアさえノックしないのだと思っていた。そうでなければ、辰彦を運動部に誘いたい連中だと思っていたのだが、違っていたのだろうか。

「あんたって、本当に鈍いな……」

「えっ、何、それ？　っていうか、『あんた』って呼ばないでよ。先輩なんだから……っ」

駿がそう言うと、辰彦はまた呆れたように肩を竦めてみせる。そして、なんだか清々《すがすが》しく開き直ったように、駿の顔を見て宣言する。

「俺は駿先輩が好きだから。言っておくけど、先輩として好きとかじゃない。もっと好きだから。どれくらいかって言うと、庄田の馬鹿がやったようなことよりもっともっとすごいことを駿先輩にしたいって思っているくらい好きだからっ」

最後には照れ隠しなのか、やけくそのように怒鳴っていた。

「えっと、でも、男同士だよね？」

戸惑う駿に、辰彦はいまさら何を言っているんだと心底呆れた顔になっている。

「そういう意味で好きでなけりゃ、体にベタベタ触ったり、キスしたり、それ以上のことをやりたいなんて思うかよっ。もしかして、マジで無自覚か？　勉強はできても頭のネジが一本緩んでいるタイプだとは思っていたけど、まさかここまでとは……」

「何っ、それっ。僕がまるで何もわかってないみたいに言われても……っ」

「言われてもなんだよ？　事実だろ？」

「えっ、だから、言われても困るよ……。だって、事実みたいだし、君のこと、好きみたいだし……」

結局、何もかも認めている自分がいて、駿は途端に真っ赤になってしまった。

もうすぐ夏がやってくる夕暮れどき。外はまだまだ明るくて、西日が隣の家の屋根瓦に反射して眩《まぶ》しい。梅雨明け宣言があってからずっと晴れた日が続いている。軽くエアコンを効かせた部屋で抱き合っていると、なんだか不思議でいて奇妙な気分になっていた。

そのとき、辰彦が駿の耳元でたずねる。

「あの、キスしてもいい？」

いやじゃない。だから、駿は小さく頷いた。でも、それだけじゃない。自分から背伸びして、辰彦の唇にそっと自分の唇を重ねていった。そして、二人の唇が微かに触れ合った瞬間

だった。

いきなり部屋のドアがノックされて、辰彦と駿はまるでバネ仕掛けの人形のように互いの体を離す。

「入るわよ。ケーキ買ってきたから、お茶淹れてきたの」

そう言いながら、辰彦の母親がトレイを持って部屋に入ってきた。それを見て、辰彦は思いっきり顔をしかめて悪態をつく。

「メチャクチャ早《はえ》えだろっ。もっとゆっくりしてこいよっ」

「だって、可愛い先輩に『笹間屋《ささまや》』のショートケーキ食べてもらいたくて、大急ぎで買って帰ってきたのよ」

「幼馴染《おさななじみ》の店だからって、贔屓がすぎるだろっ。特別うまいわけでもないぞ、あそこのケーキ」

憎まれ口を叩く辰彦の脇腹に拳を一発入れた母親は、駿に笑顔でトレイを差し出す。それを受け取って、また二人に戻った部屋でケーキを食べてお茶を飲んだ。

辰彦が言っていた「笹間屋」というのは、彼の母親の幼馴染がやっている洋菓子店で、地元では美味《おい》しいショートケーキの店として有名だそうだ。甘いものが好きではない辰彦にはどうでもいいことらしい。でも、駿が食べてみれば、それは本当にとても丁寧《ていねい》に作られたい味だった。

甘いケーキの味は、甘い辰彦とのキスの味にも似ていて、駿の心はなんだかくすぐったいほどに浮かれているのだった。

◆◆

学校が好きではなかったとき、長期の休みは駿にとっては心穏やかに過ごせる時間だった。春も夏も冬も、塾通いはあってもスケッチブックや画材道具を持って出かける写生のための遠出は楽しかった。でも、学校も楽しくなった今は、長期休暇が以前よりももっと楽しいものになった。

辰彦の謹慎期間が終わると同時に期末試験に入り、全校生徒がそれに集中していた。そして、試験休みのあとは終業式を経て一ヶ月半の夏休暇に入った。

「期末はどうだった?」

「一応、及第点かな。駿先輩は?」

「僕も、医学部受験組の中では及第点かな」

二年生の夏休みが終われば、本格的に受験対策モードになる。志望大学と学部と学科を絞り、そこに合わせた授業編成になり、単位制で評価を受けることになる。それがこの進学校の最大の特徴といってもいいだろう。

互いの気持ちを伝え合い認め合ってから、辰彦と駿の関係は少し変わった。表向きは仲のいい先輩と後輩だが、二人にはもっと強い気持ちがあった。

駿は庄田の誘いをあれからというもの、これまで以上に頑なに拒んでいた。そして、辰彦はそんな駿を何があっても守るからと言ってくれる。けれど、二人がそこまで身構えるまでもなく、夏休みの間は学校で顔を合わせることもないし、三年生の庄田は受験対策の塾の講義が忙しくて他のことにかまけている暇などないのだ。

なかなか懐《なつ》かない駿を一度は自分の思いどおりにし、生意気で気に入らない辰彦を自宅謹慎にして、庄田もそれなりに満足したのかもしれない。彼が心の中で何か鬱々《うつうつ》としたものを抱えているのなら、駿と辰彦はその憂さ晴らしのため標的になっただけのことだと思っている。

そして、辰彦と駿は毎日のように最高気温を更新する夏を、これまでにないほど楽しんでいた。もちろん、毎日のように一緒にいられるわけではない。駿は一応まだ医大を目指すことになっていて、そのための特別コースを選んで塾通いをしている。片や辰彦は、以前からの計画どおり教習所に通ってバイクの免許を取るのに余念がない。

それでも、空《あ》いている時間には二人して映画に行ったり、ときには駿のスケッチのための遠出に辰彦がつき合ってくれたりもする。

「バイクの免許が取れたら、駿先輩を後ろに乗せてどこへでも連れていってあげられるのにな」

「すぐには無理だろ。でも、そうなると楽しいだろうな」

二輪は免許を取ってから、一年が経《た》たないと二人乗りができないらしい。高速道路を走るにはさらに数年が必要だということだ。

「じゃ、十八になって車の免許を取ったら、一緒に旅行へ行こう」

「車なら、油絵の道具も全部載せられるものね」

映画帰りのファストフード店でそんな話をしていると、なんだかものすごく夢が広がっていくような気がして、自然と頬が緩んでしまう。こんなふうに自然に笑っている自分はいつ以来だろう。いつから自分は心から笑うことを忘れてしまっていたのだろう。

もうよく思い出せない。小学校の高学年で経験した苛めがきっかけだった気もするし、中学時代の縮こまった心がそのまま成長した気もするし、高校に入ってからの諦めのせいかもしれないと思う。

でも、ひょんなことから知り合った辰彦のおかげで、駿の目の前の景色はとても鮮やかな日差しに照らされて、今では思いがけない輝きに満ちていた。

背中合わせでもたれ合っての本屋での立ち読み、電車を待ちながらのホームでの言葉遊び、ファストフード店でアイスシェイクの早飲み競争をしたことも全部楽しかった。

スケッチのために出かけた山で川遊びをしたこと、人ごみだらけの海で焼きとうもろこしだけを食べて帰ってきたこと、区立図書館で隣同士の席でそれぞれの勉強しながら手紙や落書きを回し合ったこと、何もかもが笑顔でいっぱいの思い出になった。

駿の塾の日は辰彦が塾の前で文庫本を読んで待っていてくれる。辰彦がバイクの教習所に行くときは教習所の前の公園で駿が参考書を読みながら待っている。そんな時間さえ楽しくて仕方がない。

毎日がキラキラと輝く日々を過ごしているうちに、駿の心の中である決意が固まりつつあった。それは、医者への道ではなく真剣に絵を描くこと。夏休みが終わる前に、両親にそのことをきちんと話をしようと思っていた。

両親の説得は簡単ではないと思うけれど、試すこともなく諦めることはしたくない。これは以前の自分からは一歩前に進んだ証拠だ。その場から一歩も動かないより、失敗しても前に出たほうがいい。

「俺もちょっと真面目《まじめ》に勉強しようと思ってる」

そんな駿の姿勢の変化を見ながら、辰彦自身も何か新しい夢が見つかったらしい。きっかけはバイクだったという。自分で走れなくなってから、風を感じる方法を探していたらバイクに行き当たった。バイクの免許はもうすぐ取れるという。でも、彼の好奇心はまた別の方向へ走り出していたようだ。

「もともと理系は苦手じゃなかった。バイクでメカのことを勉強していたら、これがおもしろくてさ。もっと本格的にそういうのをやってみようかなって思う」

大学に進むなら機械工学を選択して、バイクや車のエンジンの設計、製作を学びたいという。目的が見つかれば勉強は苦痛じゃない。それはきっと誰にとってもそうなのだ。

それぞれの夢を語り、夏休みがこんなに楽しいものだと初めて知った高校二年。でも、知りたかったことは夏の楽しさだけじゃない。実は、他にも気になっていることがあった。二人で一緒にいるとき、なにげなく触れ合う手や背中や二の腕に、ときおりハッとする瞬間がある。意識しないでおこうと思えば思うほど、そのことを考えてしまう。

(辰彦もそうなのかな……?)

でも、恥ずかしくて聞くことができない。そんなある日、駿の両親が揃って一週間海外へ出かけることになった。内科医の父親が専門としている神経内科疾患の国際学会がスイスで開かれるため、そこに参加することになったのだ。

今回は珍しく母親も同伴ということになったのは、ちょうど自分の皮膚科医院も盆休みにかかるので、一日、二日の臨時休診を取ることにしたようだ。個人の皮膚科というのは急患が飛び込んでくることが少ないので、そういう都合はつけやすいのだ。

「だから、一週間は誰もいないんだ。あの、うち、くる……?」

駿が辰彦にそう聞いたとき、彼が一瞬声を詰まらせてから柄にもなく真っ赤になった。そのとき、駿は自分だけでなく、辰彦もやっぱり同じことを考えているのだと思った。

「あの、俺、そういう状況で二人きりになったら、いろいろと我慢できるかどうかわからない……」

「あの、我慢しなくていいと思うよ……」

そう答えた駿もまた真っ赤になっていた。そのとき、辰彦のバイクの教習所の前の公園で、木陰のベンチに並んで座りアイスを食べていた。溶けていくソーダアイスを急いで食べながら、二人は互いの顔を見ることができないままだった。

学会で海外に出ることは少なくない両親だ。だが、夫婦揃ってというのは駿が高校に入ってからは初めてのことだった。本当は両親が不在の間も家政婦さんがきて家の中のことはやってくれることになっていた。でも、高校生の駿はもうなんでも自分のことは自分でできる。なので、この機会に彼女にも盆休みを取ってもらえばいいと自分から言ってみた。

下拵《したごしら》えをしたものを冷凍保存しておいてもらえば簡単な料理はするし、洗濯物もボタン一つのことだ。それに、自分一人なら部屋を散らかすようなこともない。そこで、両親が帰宅する前日にきてもらって、少し家の中を整えてもらえばいいということになった。

なんだかよからぬことを企《たくら》む子どものような気分で、いささか後ろめたい気持ちもあったが、辰彦と過ごす二人きりの時間が楽しみだった。

両親がいない間も駿は塾があるし、辰彦もバイクの教習があった。それでも、盆の真っ只中《ただなか》は三日ほど塾の休みがあり、それに合わせて辰彦もバイク教習の時間を組んでくれた。

そして、辰彦は両親に友達のところへ遊びにいくとだけ言って、簡単な荷物をまとめて駿の家までやってきた。

「外から見てもでかかったけど、中に入るとまた一段とすごいな」

辰彦はあらためて感心したように言うが、ここで生まれ育った駿にはこれが当たり前だった。自分が恵まれた生活をしているという自覚はある。でも、この家に生まれたからこそ抱えてきた悩みもある。贅沢な悩みだと言われればそうかもしれないが、人は生まれる家を選べるわけではないのだ。

「僕の部屋、二階だから」

スポーツバッグを持った辰彦を案内する。夏休みに入ってからずっと私服の彼ばかり見ている。制服姿と違って、Tシャツとジーンズというラフなスタイルなのに、それがかえって大人っぽく見えるのが不思議だった。それに比べて、自分は私服だとますます子どもっぽく見られるのがいやになる。

（身長のせいだけじゃないよな。やっぱり、体ができてるからかなぁ？）

スポーツで鍛えていた辰彦の筋肉や骨格が、すでに大人のものに近いからだろう。辰彦の前を歩きながらそんなことを考えていて、川遊びや海へ行ったときに見た上半身裸の彼の体を思い出し、勝手に頬を熱くしてしまう。

「へぇ、本当に絵のものが何もないじゃん」

駿が辰彦を部屋に招き入れたときの第一声がそれだった。

「うん。あまり絵のことをとやかく言われるのがいやで、家では描かなくなったから」

でも、画集や美術雑誌は本棚にびっしり入っている。スポーツバッグを床に置いた辰彦は、それらを興味深そうに眺めていた。

「あっ、そうだ。この間言ってた絵を見せてくれよ。ほら、俺に似てるってカッコイイ奴」

それはカイユボットの絵のモデルのことだ。駿はさっそく本棚からオルセー美術館の画集を出してきて、それを床に広げる。重くて大きな豪華本だから、持ってページをめくるには大変なのだ。二人して床に向き合って座り、広げたページをのぞき込む。

「えっ、これかよ？　似てるか？」

俯いて懸命に鉋をかけている男を指差した駿に、辰彦は怪訝な顔で首を傾《かし》げる。

「顔はわからないけど、体のラインとかが似ているのかな？　ほっそりしているけど、うっすらと均等に筋肉がついていて、きれいな体だと思うんだ」

絵のモデルのことを描写したつもりだったが、顔を上げると目の前で辰彦が妙に照れた顔になっていて、間接的に彼の体を褒めていたのだと思い出した。駿まで恥ずかしくなって黙り込むと、お互い言葉がなくなる。床に座って本一冊を間に挟んだ状態で顔を突き合わせながら、相手の顔がものすごく近くにあって吐息さえも届きそうな距離だった。

「え……っと……」

辰彦がそう呟いてから、自分の前髪をかき上げてみせる。そして、その手をそっと駿の頬に伸ばしてくる。緩やかにきかせたエアコンとわずかに開いた窓から吹き込む風で、駿の髪が微かに揺れた。

「キスしていいか？」

頷くとともに唇が重なってきた。それだけで駿の心臓は痛いほどに打っていた。それでも、もっとほしいと思ってしまう。庄田に無理やりキスをされたあと、美術室で辰彦にもキスをされた。

あのときの辰彦は少し乱暴だったけれど、今の彼はとても優しい。でも、辰彦ならどちらでもいいと思っていた。彼が駿にキスをするのは、駿のことを好きでいてくれるから。そして、駿もまた辰彦が好きだから、二人でもっと他のこともしてみたい。

一緒にいて体が触れ合うたびに感じていた、それは間違いなく欲望。そんなものが自分の体の中に潜んでいることもわかっていなかった。高校二年になってもどこか鬱々とした気持ちばかりで、健全な性的好奇心さえどこかに置き忘れているようなところがあった。

女の子のことを考えるより、カイユボットの絵の男たちを眺めているほうが楽しかったということもある。そう思ったとき、何かが駿の中にストンと落ちた。

(あっ、僕、そうなのかもしれない……)

自分は女の子より同性のほうが好きなのかもしれない。けれど、庄田の行動や気持ちを受け入れることはできなかった。それは、彼の気持ちが信じられなかったから。でも、辰彦の気持ちは信じられる。それは、彼はいつも駿のことをちゃんと見て話していたから。庄田が見ていたのは、おそらく駿という「何かぼんやりとした自分に従順なもの」なのだろう。

重なっていた唇が自然と開き、辰彦の舌が駿の口腔へとそっと潜り込んでくる。駿はそれを軽く唇を開いて受け入れる。

そうやって少しずつキスが深くなっていくと、離れている体がもどかしくなる。真ん中に広げている絵が邪魔になって抱き合えない二人は、一度唇を離して見つめ合う。

「あの、ベッドへ行く?」

駿が床の上の本を閉じてから、チラッと上目遣いで訊く。すると、辰彦がちょっと照れながらも苦笑を漏らしている。どうしてそんなふうに笑うのかわからないから、駿も恥ずかしくなってちょっと膨れっ面《つら》になってしまう。それを見た辰彦が駿の体に手を伸ばして抱き締めてきたかと思うと、慌てて自分の苦笑の言い訳をする。

「いや、駿先輩がこの間からずいぶんと積極的なんで驚いてるっていうか……」

考えてみたら、両親のいない家に誘ったのも駿のほうからだし、たった今ベッドへ行くことをたずねたのも自分のほうからだった。自分だけが欲求不満で悶々《もんもん》としていると思われているようで、途端に猛烈な羞恥が込み上げてきた。

「そ、そ、そんなことないけど、でも……」

今度は駿のほうが慌てて言い訳の言葉を口にしようとしたが、実際のところ自分はそうなのだから仕方がない。だから、真っ赤になった顔を隠すように俯きながら彼の腕の中で身を捩っていると、そんな駿をさらに強く抱き締めて辰彦が言う。

「駿先輩ってそういうこととか考えていなさそうで、俺ばっかりがっついてんのかなって思ってたから、嬉しいっていうかさ。二人とも同じ気持ちなんだって思うと、すごく安心した」

そんなふうに言われて、安心しているのは駿も同じだ。

「僕だって男だし、そういうこと考えるよ。それに、辰彦だって最初に美術室でちょっと強引だったじゃないか」

軽い仕返しの意味も込めて言ってやると、辰彦が気まずそうにあのときの言い訳をする。

「あのときは、えっと、なんていうか……。自分でもよくわからないんだけど……」

強引さでは庄田と変わらなかった。なのに、辰彦の行為に嫌悪や恨みを覚えることはなかった。あのときからずっと不思議だったけれど、結局あの頃から駿の気持ちは少しずつ辰彦に傾いていたのかもしれない。

「ただ、あのときは庄田になんかさせるくらいなら、俺が先にやっておけばよかったみたいなよこしま気持ちとかあってさ。そうやって考えると、俺ってあの頃から駿先輩のことが好きだったみたいだ」

「えっ、そうなの？」

駿が顔を上げて確認する。辰彦は少しばかり気恥ずかしそうにしていたが、それは駿がたった今考えていたこととまったく同じだったので本当に驚いたのだ。

辰彦ががっついているように、駿だって同じ気持ち。だから、彼の手を引っ張って一緒にベッドへ行った。今朝、ベッドのシーツを換えておいた。部屋の掃除もして汗をかいたからシャワーも浴びた。こうなることを望んでいたからそうしていたのだが、それ以外にも準備しておいたものがある。

「あの、やり方、わかる？」

駿が聞くと辰彦は小さく頷いた。

「初めてだけど、なんとなく。多分、大丈夫だと思う。でも、駿先輩は……」

言いかけた言葉を辰彦が呑み込んだ。彼が何を気にしていて、何を聞こうとしたのかわかっている。だから、駿のほうからそのことをちゃんと説明しておこうと思った。

「あのね、庄田先輩にホテルに連れていかれたとき……」

一緒にベッドに並んで座り、お互いの手を握り合っている。あまり思い出したくない話だけれど、このことで辰彦は自宅謹慎にまでなった。駿は彼にきちんと伝えなければいけないと思ったし、辰彦はわかってくれるから大丈夫だと思っていた。

「最後までやってないよ。僕、怖くて体がガチガチになってて、ちゃんとできなかったんだ」

「ちゃんとって、つまり、その、後ろってことか？」

辰彦が少しばかり気まずそうに確認するので、駿がコクリと頷いた。

「じゃ、どうやって……？　あっと、言いたくなければ言わなくていいけど……」

かなりみっともない話だと思うので、駿は辰彦に向かって頭をこっちへ寄せるように手招きすると、彼の耳元で囁いた。

「お尻使われたけど、挟んだだけ……」

さすがに真っ赤になって、そのことを言ったあとは両手で顔を覆ってしまった。すると、そんな駿の体を辰彦が抱き締めたかと思うと、一気にベッドに押し倒してきた。

「本当か？　じゃ、ちゃんとやるのはこれが初めて？」

「そういうことになるんじゃないかな？」

セックスについて、どこで線引きをしたらいいのかわからないからそう返事するしかなかったが、ああいう不可抗力の出来事はなかったことにするしかない。あんなのは暴力でしかないから、これが正真正銘初めての経験でいいと思う。

「じゃ、そういうことで……」

辰彦も納得したところで、二人はもう一度キスをした。何をどうしたらいいのかよくわからないけれど、きっとしたいことをしたいようにすればいいのだと思う。

抱き合ったままベッドの上でゴロゴロと何度も上になって下になって、キスをしながら笑い合って、やがて一枚一枚と互いの服を脱がせていく。

夏だからTシャツを脱いでジーンズを下ろせば、あっという間に裸も同然になる。これまでの洋服越しと違って、素肌で触れ合えば二人の距離がうんと近くなった気がした。もう一年以上走っていないというけれど、それでもこの夏に遊びにいった先でもずいぶん日焼けをしている辰彦の肌は褐色がかっていてとても健康的だ。

もともと色が白くて皮膚が弱い駿は、皮膚科の母親から太陽の下へ行くときは必ず日焼け止めを使うように言われている。紫外線の害はよくわかっているつもりでも、やっぱり憧《あこが》れるのは辰彦のような肌だ。でも、辰彦は駿の白い肌が好きだと言ってくれる
「肌だけじゃないよ。駿先輩はすごい可愛いよね。同じ男なのに、不思議だよな」

「顔が女々しいだけだよ。自分じゃあんまり好きじゃない」

それでも、辰彦は駿の顔の造りも柔らかい髪も好きだと言ってくれるのだ。そればかりか、ちょっと恥ずかしいことも平気で口にする。

「えっと、ここもなんか色が薄い気がする。っていうか、ここ毛も柔らかいんだけど、なん

で？」

いつの間にか駿の股間に手を伸ばしていてそんなことを言うから、答えに困ってしまう。でも、照れながらチラチラと見た辰彦のそことはずいぶん違っていて、同じ男でもこんなふうに差があることに驚いてしまった。

考えたら、庄田にむりやりやられたときは彼のものなど見る余裕もなかったし、べつに見たいわけでもなかった。後ろに押しつけられたときも、うつ伏せで泣いていたばかりだから、他人のものをこんなふうに見たのは初めてのことだった。

「あっ、ちょっと勃《た》ってきた」

辰彦の手で握られて擦られているうちに、駿のそこは見る見る反応してしまう。好きな人に触られているというだけで、自分でも驚くほどに興奮している。呼吸は速くなるし、体は震えているし、下半身からはむずむずとした言葉にならない感覚が次から次へと込み上げてくるのだ。

「いやだ。いちいち言わないでよぉ」

「ごめん。でも、俺のも勃っちゃったし……」

「あっ、じゃ、僕も触る」

「えっ、本当に？」

なぜか辰彦は思いがけないことを聞いたように言う。

「うん。だって、触ってもらうと気持ちいいから辰彦のもしてあげたいし、僕も触りたいんだ」

思っていることを口にしただけなのに、辰彦はなぜか困ったような表情になってボソリと呟く。

「何、それ？　さんざん恥らっておいて、駿先輩ってときどきすげぇ天然……」

どういう意味か聞いても、それは教えてくれなかった。それより、触ってもいいと駿の手を彼の股間へと引き寄せたので、望みが叶《かな》い嬉々《きき》としてそこを握った。

初めてのとき、二人のものを一緒に擦り合わせただけで果ててしまった。あれをもう一度やってみたかった。あのときは半分が下着越しだったけれど、今日は二人とも裸で、互いの手で互いのものを一緒に合わせて擦り合ってみた。

先端から溢《あふ》れ出てくるものでいやらしい音がしていて、なんだかもう頭の中が朦朧《もうろう》とする感じ。気持ちよすぎて、いろいろなことが全部吹っ飛んでしまうくらいだった。

「あっ、いくっ。どうしようっ。出るっ、出ちゃうよ……っ」

「ああ、お、俺もいくっ。あっ、クソッ。これじゃ……」

夢中で擦り合いながら、二人して意味もなく焦った言葉を口にしてあっという間に果ててしまった。

果ててしまえばどちらの体もぐったりと弛緩してベッドの上に倒れ込む。駿の体に覆い被さるようにして、辰彦が荒い息をしている。駿もまた濡れた股間が触れ合っているのを感じながら、激しく胸を上下させていた。

そして、どちらからともなく長い吐息とともに漏らしたのは同じ言葉。

「ああ~、気持ちよかった……」

本当に初めてのそれは、その言葉に尽きるくらいの快感だった。

◆◆

互いのものに触れ合って果てたときは、これが最高の快感だと思った。けれど、好奇心旺盛な二人は一緒に過ごした数日の間に、もっとすごい快感と深い体の繋がりを知った。

それは、あの日庄田が駿の体にしようとしてできなかったこと。あのときは全身が恐怖で硬直したようになっていた。けれど、辰彦と二人でゆっくりと体を慣らしながら、気持ちのいいところやどこまで辛抱できるかを探っているうちに、後ろを使って一つになることができた。

「うう……っ、入った。けど、痛くないか?」

「あ……っ、ちょ、ちょっとだけ。でも、大丈夫な気がする」

指でゆっくり何度も慣らして、クリームもたっぷり使っていた。それに、駿の体も辰彦とずっと触れ合っていてリラックスした状態だったから、それほどの抵抗もなかった。

「動かしてもいい？」

「うん。でも、最初はゆっくりね」

駿の不安をちゃんと感じ取ってくれて、辰彦は焦る自分を宥《なだ》めるようにしながらゆっくりと体を動かしはじめた。慣れていくほど駿の体も熱くなり、もう少し強くても平気、もう少し早くても平気と言ううちに、二人して夢中で体を動かしていた。

そして、互いのものを握って擦り合う以上の快感が体を突き抜け、頭の中で何かが弾けてその瞬間を迎えた。

終わってみれば、それはどちらにとっても人生で経験した一番の「何か」だった。ただの快感という以上に、これが本当のセックスなんだとわかった気がした。好きな人とするからこの「何か」が得られるのであって、そうでなければただの自慰行為と変わらない。

だから、庄田のしたことは駿を使った自慰行為でしかなかったのだ。そして、自分たちは本当のセックスをした。

楽しいことがいっぱいあったこの夏休みだけれど、何よりもそれを知ったことが一番楽しくて嬉しいことだった。ただの欲望や快楽という意味だけじゃない。いつかは誰かと経験す

るだろうその行為を、大好きだと思っている相手とできたことがよかったと思うのだ。

まだ高校生の二人だから、これからのことはわからない。でも、好きという気持ちに嘘がないかぎり、どんな道に進んでいくにしても一緒にいたいと思う。もし、大学進学やその他の理由で物理的に離れ離れになるようなことがあっても、心と心は一緒にいようと約束した。

「約束なんて、子どもの頃以来誰ともしたことないな」

「ああ、そういえば、僕もそうかも……」

待ち合わせや決まったやりとりなど、日常の生活の中の約束はいくらでもある。けれど、自分の気持ちで誰かと約束を交わすなんてことは、高校生にもなれば容易にできることでもすることでもなくなる。

それは大人への階段を登る段階で、永遠などないと知り、人の気持ちが変わることに気づき、簡単に口約束することができなくなるからだ。

だから、辰彦と駿もこれが幼い約束だとわかっている。自分たちはもう夏休みを永遠と信じるほど子どもじゃない。それでも、二人でいたキラキラと輝く時間が、体を重ね合ったことも含めて、大切な十代の思い出になればいいと思っている。そして、この先も自分たちが歩いていくレールが同じ方向に向かっていればいいと願っているだけ。

楽しくて、甘くて、少し淫《みだ》らな三日間が過ぎていき、明後日《あさって》には両親がスイスから帰国する。なので、明日には家政婦さんがやってきて家の片付けをしてくれることになっていた。

その日の夕方、二人は名残惜《なごり》しい気持ちを抱えたまま別れの時間を迎えていた。スポーツバッグに自分の荷物を詰めた辰彦を駿は駅まで見送ることにした。辰彦はどうせすぐにまた会えるから見送りなんかいいと照れた様子で言っていたが、駿がどうしても行きたかった。

でも、あまりベタベタした真似をして鬱陶しがられるのがいやで、自分も駅前の書店で今日発売の美術雑誌を買いにいくからなどと理由をつけたりもした。すると、辰彦のほうは急にがっかりした様子を見せて、自分のための見送りじゃないのかと拗《す》ねる。

人が聞けば馬鹿みたいなやりとりや駆け引きが、駿にはものすごく新鮮なのだが、辰彦にとってはどうなのだろう。彼にとってもそれが心擽《くすぐ》られるものであればいいと思っていた。

「だから、免許を取ったあとは、バイクを買うためのバイトをしなきゃなんないしな」

「それも、校則違反だよね？」

「ほしいものを手に入れるためには仕方がないね」

「そうかもしれないけど、学校にばれてまた謹慎とかにならないでよ」

駅への道すがら、来週にもバイクの免許が取れるという辰彦の次の目標を聞きながら、駿は本当に彼という人間がよく今の進学校へ入学してくれたものだと思った。

バイクの免許を取ることだけでなく、バイトも特別な経済的事情がないかぎり禁止されているのに、辰彦は校則違反など平気らしい。そもそも、陸上競技を諦めていなければこの高校へは進学していなくて、二人が出会うこともなかったのだと思うと、駿は心の片隅で彼が走れなくなったことを喜んでしまいそうになる。

でも、次の瞬間には、すぐにそんなふうに思うのは間違っていると自分を戒める。人の不幸を喜ぶなんて、絶対にしてはいけないこと。

そう思いながら、そろそろ夕暮れどきの長い影が道に伸びる頃だった。閑静な住宅街の道を並んで歩き、すぐ先の角を曲がれば幹線道路に出てその先には駅がある。そこまで行けば「バイバイ」と手を振らなければならないと、ちょっと心が沈みかけたときだった。

人通りのほとんどない道を、こちらに向かってくる人影があった。正面から差し込む西日が眩しくて、それは黒いシルエットにしか見えなかった。だが、だんだん近づいてきて、その人物が何かぶつぶつと呟いているのに気づいたとき、二人はハッとして足を止めた。

「なんでだよっ？　なんでおまえまで俺に逆らう？」

そのシルエットが呟く言葉が耳に届き、不審なものを感じたのか辰彦がすぐに駿を自分の背後に押しやった。駿は素直に彼の背後に隠れたものの、そのシルエットをじっと見つめる。

「俺のもんだって言ったじゃないかっ。駿は俺のもんなんだよっ」

もう一メートルほどの距離までやってきた人影は、たまたますぐ横を通り過ぎていった四トントラックの陰になった瞬間はっきりとその姿が見えた。それは、どこか空《うつ》ろな表情でフラフラと歩いている庄田だった。

（え……っ。ど、どうして……？）

なぜ彼がここにいるのかわからなかった。彼の家は駿の自宅とは電車で三十分ほどの距離にあるはず。何か用事があってたまたまここにいたとは思えない様子で、何度も駿の名前を口にしているのが不気味だった。

「庄田……」

辰彦が呼び捨てにすると、彼は空ろな表情を一転させて目を見開いてこちらを睨みつける。

「おまえが邪魔をしたんだよ。なんで、おまえなんかが……っ」

なにやら尋常でない様子に駿はすっかり怯えていたが、辰彦は真っ直ぐ庄田に対峙《たいじ》しながらたずねる。

「おい、どうしたんだよ？　なんかおかしいぞ。ちょっと……」

辰彦がそう問いかけたとき、いきなり庄田がジーンズのポケットから何かを取り出した。それがまた西日を反射してギラリと光る。それは鈍い光とともに、鋭い刃先を持つナイフだった。

それを見た駿が、思わず掠れた悲鳴を上げた。咄嗟《とっさ》に誰かに助けを求めなければと思ったけれど、この時間の住宅街を歩く人はほとんどいない。あと少し、その先の幹線道路沿いまで行けばと思ったが、向こうから庄田がやってくるのに、それをどう突破すればいいのかわからない。

そして、庄田はまるで壊れた人形のように呟いている。

「駿は俺のもんだっ。俺のもんなんだっ。そうだって言った。そう約束しただろうっ」

あの日、庄田は勝手にそう決めつけていたけれど、駿にはとうてい納得のできることではなかった。ましてその後、辰彦を挑発して自宅謹慎に追い込んだことは許せなかった。だから、駿はたまらず辰彦の背後から出て行って叫んだ。

「違うからっ。僕は誰のものでもないっ。僕は僕で、辰彦が好きだからっ」

だが、そんな言葉は庄田にはいっさい響くことはなかったようだ。彼は目を血走らせてナイフを振り上げたかと思うと、辰彦に向かって切りかかってきた。

「うるさいっ、うるさいっ、うるさいっ。俺の言うとおりにしろってっ。逆らうなよっ。俺の言うとおりに……っ」

そんな言葉とともにナイフが振り回されて、辰彦は駿の体を後ろ手に突き飛ばすと、肩にかけていたスポーツバッグを盾にしてその攻撃を防いでいる。

「おいっ、正気かよっ。あんた、どうかしてるぞっ」

「うるさいっ。おまえが悪いんだっ。なんで、うちの学校にきたんだ？　走れない落ちこぼれなら、ずっと家に引きこもってりゃよかったのにっ」

ギョッとしたのは駿だけではない。辰彦もなんでそのことを知っているんだという表情になっていた。だが、庄田なら理事をしている父親から辰彦の情報を得ることもできたのかもしれない。ただ、それは辰彦にとって容易に他人に触れてほしくないことだ。

スポーツバッグを庄田に向かって投げつけると、辰彦は苛立ちと苦悩を思い出したかのように怒鳴る。

「おまえなんかに言われたくないんだよっ」

だが、庄田はそのスポーツバッグを両手で払いのけると、歯を喰いしばるようにして唸《うな》った。

「黙れっ、黙れっ、黙れっ」

もう理性の欠片《かけら》もないように見えた。こんなことをしてどうなるかなんて、すでに庄田の頭の中にはないようだった。そして、ナイフを逆手に持ち替えると、今度こそそれを辰彦の体のどこであってもかまわないから突き刺そうとして襲いかかる。

それを見た瞬間、駿の体が咄嗟に動いていた。多分、自分のこれまでの人生でこれほど俊敏に動いたことはないだろうというほど素早い動きだった。でも、それはひとえに大好きな人が危険な目に遭っているという目の前の現実に、自分の体が反応しただけのこと。

「駿っ、駄目だっ」

叫んだのは辰彦だった。けれど、動いてしまった体はすでに辰彦と庄田の間に入っていた。そして、庄田が振り下ろしたナイフが駿の二の腕に刺さったかと思うと、それが弧を描くように肉を抉《えぐ》っていった。

その瞬間、カッと焼けるような痛みが走り、その場に崩れ落ちると同時に灰色のアスファルトにボタボタと染みができていく。汗でも涙でもない、赤い染みだった。

そのとき、たまたまこの道を通りがかった若い女性が悲鳴を上げる。それに弾かれたように辰彦が駿に駆け寄り、庄田が呆然とナイフを落とす。

自分のしたことに気づいたように叫ぶ庄田の声が周囲に響きわたる。真夏の夕暮れどきの惨事だった。駿の腕はじくじくと痛み、なんだか軽い眩暈《めまい》に襲われる。それでも、真夏の西日はまだ沈むものかと頑張っていて、アスファルトから立ち上る熱気と血の臭《にお》いの中で駿は辰彦の呼ぶ声だけを聞いていた。

「駿っ、しっかりしろっ。大丈夫かっ」

なんだか腰が砕けた感じで、立ち上がれないどころか声も出ない。だから、自分は大丈夫と答える代わりに懸命に辰彦の二の腕をつかむ。でも、その手にも力が入らなくて、やがては目の前の景色がぼやけていく。

(もしかして、罰《ばち》が当たったのかな……?)

そんなことをぼんやりと考えていた。辰彦が偶然同じ高校に進学してくれたのは走れなくなったから。彼の夢が破れたからこそ、自分たちは出会うことができた。それをちょっと喜んでしまいそうになった自分がいて、そんなよくないことを考えたからこんなことが起きたのかもしれないと思った。

そして、駿はその場でゆっくりと意識が遠いていくのを感じていた。

それは罰ではなくて、別の理由だった。

(そういえば、ずっと寝不足だった……)

あのとき、怪我を負って意識が遠のいていったのは傷の深さのせいではなかった。理由は血を見たショックによる貧血と寝不足。そして、学校も塾も休みなのになぜ寝不足だったかといえば、連日眠るのも惜しいほど辰彦と抱き合っていたから。それを思うと、さすがに恥ずかしいやら情けないやらで、あのタイミングで倒れた自分に呆れてしまう。

だが、問題は怪我よりもその後のことだった。両親が帰国してからの説明は、正直かなり厄介だった。それは、十針縫った傷の痛みよりもずっと駿の毎日を煩《わずら》わせていた。

あの日、たまたま通りがかって現場を目撃した女性が警察に通報したことで、話がちょっと面倒になっていたのだ。当事者以外にもそれぞれの親と学校が真実を知ろうとしたり、それを隠蔽《いんぺい》しようとしたり、責任の所在を探したり、押しつけあったりでとにかく大変だった。

庄田の両親にしてみれば、優秀な息子がなぜ犯罪行為に走ったのかまったく理解できない。駿の両親は自分たちが海外に出ている間に起きた事件に、驚愕《きょうがく》するとともに息子の怪我に困惑している。そして、学校側としては在校生同士のトラブルをいかに穏便におさめるか、それだけのために頭を抱えているようだった。

そんな中、本人も両親も比較的淡々としているのは辰彦のところで、警察にも学校にもありのままを話していた。その様子を見ていると、彼らの親子の間の信頼関係がちょっと羨《うらや》ましくなった。それは夢に挫折した息子を見守り続けてきた両親と、その信頼に応えようとしてきた息子の間にある確かな絆《きずな》なのだろう。

それに比べて駿は、この状況を両親と学校が納得するよう丸くおさめてしまいたいとばかり考えていた。ずるいかもしれないが、庄田のことを思えば一方的に彼を犯罪者にしてしまう気にはなれないのだ。

腕の傷は流れた血は多かったものの、それでも十針縫うだけの表面的なものだった。神経も血管も傷つくことはなく、抜糸さえ済めばもとどおりになる。肉体的な傷もだが、あのとき辰彦が一緒にいてくれたおかげで、事件が駿にとって精神的に大きな負担になることもなかった。

けれど、問題は庄田のほうだった。夏休みの間に彼に何が起こっていたのか知る由もなかったが、警察や学校から聞かされた話では、彼は受験のプレッシャーとストレスでずいぶんと精神的に追い詰められていたらしい。

あれほど優秀で余裕があるように見えていたにもかかわらず、彼の心には人にはわからない何か暗く重いものが潜んでいたようだ。それがあんな形で暴発してしまったのだろう。考えてみれば、駿への異常な執着といい、そういう兆候はあったのかもしれない。

そして、今となっては駿もなんとなくその気持ちが理解できるのだ。あのときは気づかなかったことが、今はわかる。あのときは自分自身のことで頭の中がいっぱいで、周囲のことなど何も見えていなかった。けれど、辰彦と出会い彼と一緒に過ごすようになって、駿の目の前の景色は開けた。これまで見ようともしていなかったものが、ちゃんと目に映るようになった。

だからこそ、庄田の苦しみを思えば、今度のことが彼の人生にとって大きな傷にならないことを願っていた。怪我もしたし、運悪く警察に通報されてしまったりもしたが、不幸中の幸いだったのは、夏休みに起きた事件だったこと。新聞に載るほどのことでもなく、生徒たちにはほとんど知られることがなかった点だろう。

結局、警察には悪ふざけの延長で怪我にいたったということで押し通した。それは学校にとっても庄田の両親にも都合がよかったと思う。銃刀法違反の厳重注意という形ですんだのも、持っていたナイフが比較的小型のものだったから。

駿の両親は息子が怪我を負わされていろいろと訴えたいこともあったようだが、とりあえずそれも駿が説得する格好になった。ここで問題を大きくしても誰も得をしないし、むしろ自分の大学受験の内申書にマイナスになりかねないと言えば、両親もしぶしぶ納得するしかなかったようだ。

事件の後始末がほぼ終わり、駿の傷も抜糸が済んでしばらくすると二学期が始まった。楽しいことがいっぱいあった夏休みだったが、最後にちょっと苦いことがあった。それもまた、駿にとっては自分の将来を考える一つのきっかけになったように思う。

二学期が始まり、事件のことが生徒の間で騒ぎになっていないか案じつつも、辰彦に会えるのを楽しみに学校に行った。校内は夏休み前と特に変わった様子はなく、生徒たちは誰も庄田の事件について気づいていないようだった。噂くらいは耳にした者もいたかもしれないが、学校側も何もなかったことにしているものを、わざわざ暴きたてようとする暇な者もいない。

それはそれで安堵したのだが、二学期が始まった翌日が水曜日だったのでいつもどおり美術室に行くと、そこにいた辰彦が教えてくれた。

「庄田が学校にきていないらしい」

「えっ、どうして?」

あの事件に関しては警察からの注意だけで済み、学校側としては被害者の駿から何か申し立てがないかぎり、庄田には何も処分はしないと決めたはずだ。そして、駿は両親を説得したうえでそれでいいと学校側には伝えておいた。それなのに、どうして登校していないのだろう。

「あのときの様子からして、本人がまいってんじゃないのかな」

辰彦の言葉に、駿もあらためて庄田の追い詰められた状況を考えてみた。庄田はこれまでずっと成績優秀で教師や他の生徒たちからの信頼も厚く、両親にとっても自慢の息子だったはず。まして、学校の理事を務める彼の父親にしてみれば、息子はこの進学校でも模範となるべき生徒だと信じていただろう。

そんな誰もが認める優等生が、思いがけない事件を起こして警察までが出てくる事態になってしまったのだ。表向きは何もなかったことにしているが、本人にしてみれば心に深い傷を負ったと思う。それは、もしかしたら駿が負った腕の傷以上に深いものだったかもしれない。

両親や学校からの失望や落胆、何より本人自身が自分の将来のことで大きな不安を抱えているに違いない。そのことを思うと、駿は自分がもう少し彼に対して理解のある態度を取っていれば、こんな事態になっていなかっただろうかと自問してしまう。

だが、辰彦はそんな駿にきっぱりと言ってくれる。

「それは違う。庄田の問題はあくまでもあいつ個人のことで、自分で解決しなきゃなんないことだ。目の前の山は自分の足で登らなけりゃ、向こう側の景色は見えないんだからな」

確かに、辰彦はそうやって自分の問題を乗り越えてきたのだ。でも、駿はまだ乗り越えていない山がある。だから、庄田の気持ちもよくわかる。彼は自分で自分の問題を乗り越えられるだろうか。そして、駿自身はどうしたらいいのだろう。

考えるほどにそこにある山は高くそびえているように見えて、微かな溜息が漏れた。

◆◆

それから、一週間が過ぎても庄田は学校にこなかった。校内ではそのことが少し噂にもなったが、受験対策で塾と家庭教師を中心に勉強していて、学校に出てこないだけではないかと考える者もいた。その頃には三年生は本格的に受験モードに入っていたので、誰もが自分のことに必死で他人のことにかまっている場合ではないのだ。

けれど、駿だけはやっぱり庄田のことが気になっていて、どうしてもこのままにしておくことはできなかった。それは庄田の問題でもあるけれど、心のどこかで自分自身の問題でもあるように思っていたから。

金曜日の放課後は美術室で絵を描く日だったが、駿は辰彦にメールを打って今日は行けないと伝えた。辰彦はその理由をたずねてきたが、駿はあえて本当のことは言わず、塾の進路指導があるとメールをしておいた。

嘘をつくのは本意ではなかったが、彼に心配をかけたくなかった。そもそも、最初は庄田と駿の関係から始まったことで、辰彦は間に入ったばかりに迷惑ばかりこうむる形になっていた。これ以上彼をこの問題に巻き込みたくなかったし、駿自身が解決しなければ自分もまた前に向かって進めないような気がしていたのだ。

放課後に電車を乗り継ぎ庄田の家に向かった。彼の家を訪ねるのは初めてだったが、学校関係者名紹介という小冊子に理事長や理事役の名前と連絡先の一覧があり、そこから自宅住所を知ることができた。

庄田が自宅にいるかどうかはわからない。あれから、何度かメールは打ってみたが返事は戻ってこなかったから。いなければそれでもいい。とにかく、今の駿は何かしなければ自分自身が納得できないのだ。

駿の家を見て辰彦は大きいと驚いていたが、庄田の家はそれ以上だった。家というより屋敷と呼んだほうがぴったりとくる。門構えからしてりっぱすぎて臆してしまった駿は塀伝いに勝手口へと回り、そこでインターフォンを押した。しばらくすると年配の女性の声がして、名前と訪ねてきた理由を告げる。

『お待ちください』

そう言われてから、おそらく十分くらい待っていたと思う。けれど、それだけ待たされるということは、庄田が家にいるのだろうと思った。本人が不在なら、すぐにそう告げられるはずだから。

案の定、さらに二、三分待ったところで、屋敷の中から家政婦さんらしき女性が出てきて駿を中へと案内してくれた。

「あの、あまり長い時間はご遠慮願えますか？　奥様にはどなたも通さないように言われているんですが、雄二《ゆうじ》さんがお会いになるというので……」

今は庄田の母親が出かけているらしく、できれば彼女が屋敷に戻るまでに駿には話を終わらせてほしいと思っているようだ。そうでなければ、彼女が庄田の母親から叱られてしまうのだろう。

駿はできるだけ早く終わらせますと約束して、屋敷の二階の庄田の部屋の前まで案内してもらった。彼女がその場を去ってから、大きく深呼吸をして目の前のドアをノックする。

「どうぞ……」

それは力のない声だったが、間違いなく庄田のものだった。駿がドアを開けると、私服の庄田がエアコンの効いた部屋で、窓辺に置かれた椅子に座ったまま外を眺めていた。

「あ、あの、こんにちは」

そう挨拶《あいさつ》したまま、駿は部屋のドアのそばから動けなかった。あの事件以来なのだろうか。ずっと部屋に引きこもったままらしい庄田は、あのときにもまして病んだ様子だった。夏休み前までの、溌剌《はつらつ》とした優等生然とした彼の姿がどこにもなかった。

顔色は青白く、疲れたように窪《くぼ》んだ目で窓の外を見つめる横顔がゆっくりとこちらを向いた。目的を失ったような空ろな視線が駿をとらえて微かに口元を緩めたように見えた。

「やぁ、久しぶり……」

気の抜けた声にどう返事をしたらいいのかわからない。けれど、駿は長居はできないことを思い出して話しかけてみる。

「あの、どうして学校にこないんですか？　家で受験対策をしているんですか？　もしあの事件のことを気にしているなら……」

「受験ねぇ。もう、なんかどうでもよくなったんだけど。っていうか、面倒なんだよね。いろいろなことが本当に鬱陶しくてさ」

「そんな……」

駿の言葉を聞き終わらないうちに庄田は椅子から立ち上がると、かったるそうに伸びを一つしてそんなことを言う。いったい、彼はその胸の内に何を抱えているのだろう。それを聞けば答えてくれるだろうか。聞いて自分は庄田に何が言えるだろう。

そんなことを考えてその場で立ち尽くしているとき、ふと自分の心のある変化に気がついた。以前はあれほど庄田と二人きりになるのが怖かったのに、今はまったくそんなふうに思わない。無駄に緊張していることもない。ただ、目の前の疲れきった様子の彼が、なんともいえず気の毒で可哀想な気持ちになった。すると、庄田は駿の心の変化を読み取ったかのように、小さな声で自嘲的な笑いを漏らす。

「鬱陶しいと言いたかったのは、きっとおまえのほうなんじゃないの？　なんで俺が執拗《しつよう》にかまってくるのかわからなくて迷惑に思っていたんだろ？」

「そんなことは……」

ないとは言えない。でも、庄田が怒りとともに駿にぶつけた言葉のいくつかに、気になるものがあった。駿はその意味がずっと気になっていた。

『なんで、おまえまで俺のことを無視するんだよっ。最初からそうだったよな？』

『なんでだよっ？　なんでおまえまで俺に逆らう？』

そんな言葉の中で「おまえまで」と繰り返していた意味がわからないのだ。それは、駿以外にも彼の思いどおりにならないことがあったという意味だろうか。

「なんでおまえだったのかな？　でも、なんとなくおまえしかいなかったんだ……」

「どういう意味ですか？」

駿の問いかけに、庄田はもう一度椅子に座り小さな溜息を漏らすと、駿が立っている入り口のそばの棚を指差す。そちらを見ると、そこには写真立てがいくつか並んでいて、庄田本人と家族の写真がある。

「一番手前の写真。それ、誰かわかる？」

「庄田先輩と……」

「三つ上の兄だ。啓一《けいいち》っていう。同じ高校の卒業生だ」

言われてよく見れば、庄田の兄も同じ高校の制服を着ている。花や賞状も手にしているから、卒業式の写真だろう。そういえば、庄田のところは兄弟揃って優秀だという噂は聞いたことがある。ただし、駿が入学したときには庄田の兄はすでに卒業していて、噂ばかりで名前や顔も知らなかった。

「今は大学生ですよね?」

「まともに通っていればね」

どういう意味だろうと駿が首を傾げると、庄田はまた視線を窓の外へやって自分の兄のことを語りはじめる。

「兄貴は優秀だったよ。俺なんかよりもずっとね。いわゆる天才型だ。試験前でもギターを弾いたりCDを聴いたりで、ガリガリ机にかじりついているところなんて見たことがない。それでも成績はいつもトップクラスで、大学だって現役で志望の国立大学に合格したよ」

庄田の兄には両親の期待も大きかったのだろう。むしろ、次男の庄田本人は小さい頃から「兄さんを見習って」と二言目には言われ続けてきたらしい。

ところが、その兄の啓一が大学に入った途端、まるでタガが外れたように親の希望を無視してミュージシャンになると言い出したという。それまでは音楽好きで優秀な兄が、親の言葉も聞かずに家を飛び出したまま戻ってこなくなった。

「大学も辞めたみたいだな。あれっきり連絡もなくなって、二年以上が経った。今頃、どこで何をしてんだか。あんなに利口だった人が、まさかこんなに愚か者だったとはね」

庄田の両親もさぞかしがっかりしたのだろう。それでも、すでに成人している息子を探し出して、首に縄をつけて連れて帰ってきたところでどうなるものでもない。そして、両親の期待は兄から弟の庄田に移ったのだ。

「父親の会社は兄貴が継ぐ予定だった。だから、俺には弁護士の資格を取って渉外を担当しろと言われていた。それはもう物心ついたときから決められたことで、べつになんとも思ってなかったさ。自分でもなれる自信はあったしね」

それでも、兄が失踪のような状況になって、会社の跡継ぎの話が自分にくるのかと思っていたという。

「会社なんかどうでもいいんだよ。ただ兄貴がいないんだから、それが当然だろうと思った。ところが、両親は俺に弁護士の資格を取れと言った。それを聞いたとき、いずれは兄貴が帰ってくると信じているんだなと思った。あんなふうに家を飛び出したのに、両親にしてみればやっぱり兄貴が可愛いんだろうな。優秀な兄貴に会社を継がせたいという気持ちは変わっていなかったってことだ。だったら、俺はなんなんだよっ」

その話を聞いて、駿はようやくいろいろなことに納得がいったような気がした。そして、それが庄田の心の中にくすぶっていたものなのだ。

写真を見れば二人が仲のいい兄弟だったことはわかる。きっと庄田は兄のことを尊敬していたし、誰よりも慕っていたのだろう。だからこそ、自分の夢を追うために自分の責任を放り出すように家を出た兄に、言いたいことは山のようにあったと思う。けれど、そんな庄田の心を思いがけず傷つけたのは彼の両親だったのだ。

「誰も俺のことを見ていないのかなって思うようになった。結局は兄貴の代わりにもなれないのかってね。いったい、俺という人間は誰の目にならない映っているんだっ？」

苛立ちをぶつけるように言った庄田の言葉に、駿はハッとしたように目を見開く。

「学校で駿を見かけたのは一年以上前になるな。駿がまだ一年の頃だ。可愛い一年がいるってちょっと評判だったから、どんな子なのかって好奇心だった」

見れば女の子のような顔をしているものの、暗そうだと思ったという。事実、そのとおりだ。高校に入ってからの駿は対人関係をまともに築こうという気持ちすらなかった。

それからも少し気にかけて見かけているうちに、駿が友人も作らずいつも一人でいることに気がついた。それは学年が上がっても変わらない。気弱そうでいて、案外芯の強いところがあるのだろうか。友人などいなくても平気だと思っているのだろうか。

「見ているうちにだんだんと気になっていたんだろうな。だから、あの日駿が俺にぶつかったときは、もう知らない人間という感覚はなかったな。もちろん、俺の勝手な思い込みだったけど」

ぶつかったとき、駿はひどく恐縮して顔も上げられないまま謝っていた。そんな態度を見て、「なんだ、やっぱりただの意気地なしか」と思う気持ちと、「なんでちゃんと顔を上げて、俺のことを見ないんだ」という疑問が庄田の心の中にふつふつと湧いてきたというのだ。

そして、呼び出してみればどこかつかみどころない駿に、庄田はますます苛立ちを募らせていたようだ。無理もないと思う。あの頃の自分は本当にどうしようもなかった。今だってあまり変わったわけではないけれど、今以上に弱虫で現実から目を背け、人と向き合う気など微塵《みじん》もなかったのだ。そんな駿を見ていて、庄田の心の中に新たに芽生えた奇妙な感覚があった。

「逆らうようでもないし、きっとこいつなら言うとおりになるだろうなって思った。言うとおりにさせたかった。誰でもいい。なんでもいい。自分の思うとおりになるものがほしかっただけかもしれない……」

その言葉を聞いたとき、駿は庄田の心の奥の奥にあった真実の一カケラを見た気がした。見かけるたびにいつしか気にかけるようになっていた下級生が、偶然自分にぶつかったというのに俯いたまま詫びるばかりで顔も上げない。家ではいつも兄の次でしかない庄田だったが、学校で誰もが一目置いているのだ。それなのに、駿は自分のことをちゃんと見ない。

『おまえもかっ。おまえも俺をちゃんと見ないつもりかっ』

そんな苛立ちがやがては歪んだ欲望になって、とめどなくエスカレートしていったのかもしれない。そして、それこそが、庄田と辰彦の大きな違いであり、駿が庄田にどうしても応えることができなかった理由だと思った。

「でも、結局は何も俺の思いどおりにはならなかった。俺はなんなんだろう……」

庄田はひどくつまらなさそうに肩を竦めてみせる。それは辰彦の得意のポーズで、彼はいろいろなシーンでそれを使い分けている。得意な気分のとき、自嘲気味に何かを語るとき、照れくささをごまかすときなどなど。でも、今の庄田のそれは諦めと投げやりが入り混じり、ひどく寂しい様子に見えた。

すべてを話し終えた庄田は、最後の最後にチラリと駿のほうを見ると、頬を引きつらせるように笑って言う。

「でもさ、俺、やっぱりおまえのことが好きだったよ。なんか可愛くて、すごく好きだった。それだけは本当……」

その言葉を聞いたとき、彼が己の晴らすことのできない鬱憤や苛立ちだけで駿を抱いたわけではないのだと思った。好きだと思う気持ちがあったからこそ、セックスを強要したのだ。だけど、今の駿はあの頃の自分とは違う。セックスに対しての知識や心の準備がなくて怯えていたときの自分ではない。今ははっきりとした理由で庄田の気持ちに応えることができないのだ。

「ごめんなさい。でも、僕は辰彦のことが好きなんです。彼と出会って、僕はやっと自分のままでいてもいいと思えるようになったんです。だから、庄田先輩もいつかそんな人と会えたらいいと思います」

駿がそう言うと、庄田は苦笑交じりに舌打ちを一つした。

「いちいち謝るなよ。よけいにイラつくよ」

そういうものかもしれない。でも、今の駿にはそこまで庄田の複雑な気持ちを汲《く》み取ることはできない。だから、やっぱり頭を下げることしかできなかった。

ただ、彼の部屋を出るときに一言だけ自分のこれからのことを告げた。

「いろいろうまくいかないことってあるけど、その半分以上は結局自分のせいなのかなって思うから、僕は自分で解決しようって思います」

生意気だと思われたかもしれないが、それが正直な気持ちだった。以前からずっとそう思っていたのに、できない自分をただ情けないと嘆いていた自分とは決別したい。庄田がどう思おうと駿はこの日、はっきりとそう思ったのだ。

家政婦さんに見送られて庄田の家の勝手口から出ると、少し歩いたところで歩道のガードレールに腰かけている同じ高校の制服姿が目に入った。一瞬、さっき庄田の部屋で見た写真の少年がそこにいるのかと思った。

だが、それが庄田の兄の啓一であるわけもない。ほんの少しばかり秋めいてきた夕暮れどき、そこで手持ち無沙汰な様子でアスファルトを見つめているのは辰彦だった。

「どうしたの、こんなところで？」

驚いた駿がたずねると、辰彦はハッとしたように顔を上げ、こちらを見てなんとも気恥ずかしそうな表情になる。

「あっ、えっと、多分、ここかなって思って……。それで、ちょっと心配っていうか、その……ごめん……」

柄にもなくしどろもどろになっている辰彦だったが、最後には申し訳なさそうに謝る。

「なんで謝るの？」

駿が苦笑交じりにたずねると、辰彦は例によってあのポーズをしてみせる。これは、言い訳ができなくて自分でもどうしたらいいのかわからないという意味だ。

「メール見て、絶対ここへきていると思ったから。駿先輩のことは信じていたけど、もしなんかあったらとか思うと居ても立ってもいられなくなったんだ」

以前に庄田と二人きりになったときのことが辰彦の脳裏にも過ぎっていたのだろう。駿だって庄田を訪ねるときにその心配はした。けれど、実際に訪ねてみれば家政婦さんもいたし、庄田自身がもうそういう状態ではなかった。

「心配かけてごめん。でも、先輩とはちゃんと話してきたから」

「どうだった？　大丈夫そうか？」

前から気づいてはいたけれど、やっぱり辰彦には優しいところがある。庄田とは駿のこともあって反目し合っていたくせに、辛い目に遭っていることを知れば案じもするし気遣いもする。自分が挫折を知って苦しんだことのある人間は、人の痛みにも敏感になれるのだろう。

「わからないけれど、大丈夫だと思いたいよ。頭のいい人だし、本当に優しいところもあったから……」

駿のテストの点数が上がったのを見たときは、一緒になって嬉しそうに微笑《ほほえ》んでいた。あのときの笑顔までが全部嘘だとは思わない。駿のことが好きだったと言ってくれた言葉もまた、嘘だったとは思わないのだ。

庄田は自分の抱えている問題をわかっている。あとは自分でそれを乗り越えるために気持ちを整理して歩き出すだけだ。そして、駿もまた自分の問題を乗り越えていかなければならない。

「あのさ、僕もちゃんと両親に言うよ」

「え……っ?」

西日の差す歩道で、駿は辰彦に向き合ってもう一度言う。

「父さんと母さんに話してみるよ。医者じゃなくて、絵を描きたいんだって」

「本当に?」

あれほどそうするように勧めていたくせに、駿がそれを言うとなぜか驚いたような表情になる。

「簡単じゃないと思うけど、頑張ってみるよ」

駿が笑って言うと、辰彦もまたにっこりと笑って頷く。一日一日と秋めいていく夕暮れの柔らかい空気が、二人を優しく包み込む。ゆっくりと歩み寄った二人はそれから肩を並べて駅へと向かう。

長い影が伸びるアスファルトを見つめながら、その肩が触れ合うたびに自分はきっと頑張れると思うのだった。

◆◆

駿はその日の夜、初めて両親に自分の気持ちを告げた。

両親の反応はといえば、想像していたとおりだった。食後のお茶を飲みながらの会話だったが、最初は冗談を言っているのだと思っているのか真面目に相手にしてくれることもなかった。

「冗談じゃないよ。僕は本気なんだ。医者にはならない。なりたくない。本当にやりたいことは別にあるから」

それが絵を描くことで、医学部ではなく芸術大学に進みたいと話すと、二人は呆れたように溜息を漏らす。

「だって、絵なんかじゃ食べていけないでしょう」

「趣味でやる分には誰も反対していないんだから、何が問題なんだ?」

そういう二人の言葉は想定内だった。もう何度も何度も頭の中でシミュレーションしたこと。

「趣味じゃない。本気でやりたいんだ」

もちろん、父親は認めないと言うし、母親は冷静になりなさいと言う。大学で絵を学び、将来食べていけるのかと問われればわからない。デザインやイラストの仕事はあるかもしれないが、自分にどこまでの才能があるのかも未知数だ。人生を甘く見積もるんじゃないと言われれば、返す言葉もない。でも、自分が医者に向いていないことだけはわかる。それが、駿の背中を押したもう一つの大きな理由だった。

「向き、不向きじゃない。人には決められた道というものもある。誰だって好き勝手に将来を選べるわけじゃない。考えてみなさい。勉強したくてもできない人もいれば、医者の道を選びたくても諸々の事情で選べない人もいるんだぞ」

「そうよ。恵まれた生活をしてきた分、背負わなければならない責任もあるのよ。大人になるということはそういうことなんだから」

駿はこういう家に生まれてきて、勉強もできて医学部を目指すだけの経済的余裕もあって、学力的にも大きな問題があるわけではない。それだけ恵まれた条件があるなら、医者になって人の命を救うのはけっして悪い人生の選択ではないと両親は言うのだ。

きっとこれまでの駿ならそういう両親の言葉に説得されていただろう。今でも両親の言っていることは一理あると思っている。けれど、自分にもやりたいことがある。自分にも譲れない気持ちがある。それを捨てて無難で失敗のない人生を選んで、魂をどこかへ置いてきたような生き方はしたくないということだ。

「とにかく、話は聞いたから、一度頭を冷やして考えなさい」

結局、その夜は両親にはわかってもらえないまま会話は終わった。もちろん、一度の話し合いでわかってもらえるとは思っていなかった。それならそれで、駿にも次の手があった。

駿は翌日から学校へ行くのをやめた。絵を描きたいために通い続けたけれど、今はもう学校へ行かない。自分の気持ちを両親に伝えて、ちゃんと理解してもらうための抵抗だ。本当は学校へ行って辰彦に会いたいけれど我慢する。自分の将来は自分で決めて、両親にも納得してもらいたいから。

「駿くん、何やってるのっ。馬鹿な真似はよしなさいっ」

「おい、駿っ。そんなことをしても無駄だぞ。後悔するのは自分だ」

母親と父親はそれぞれの医院へ行く前に駿の部屋の前にきてドアを叩き、なんとか説得しようとする。でも、部屋の鍵はかけたままだ。どうせ二人は時間がくれば出かけなければならない。患者を待たせておくわけにはいかないのだから。

両親がともに出かけたあと、キッチンでトーストを頬張り、適当な食料品と飲み物を紙袋に詰めるとそれを自分の部屋に持ち込む。それから、納戸の奥にしまい込んでいた中学の頃に使っていた古い画材道具を引っ張り出してきた。絵の具やオイルは少し古くなっているけれど使える。筆もちゃんと洗って片付けておいたから大丈夫だ。描きかけで筆を止めてしまったキャンバスが数枚あって、それを使えばほぼ買い足さなければならないものはなかった。

高校に入ってからは学校の美術室でしか描いていなかった。でも、もう自分の部屋でも絵を描くことにした。それが駿なりの抵抗で主張だ。

父親はくだらない抵抗だと言い、どうせ二、三日もすれば学業の遅れが心配になり、部屋から出てきて学校へ行くようになると思っていたようだ。母親はさすがにこのまま引きこもりになったらと案じて、たびたび声をかけてくる。

だが、駿は絵を描いていれば何もかも忘れる。勉強の心配なんてどこかに消えてなくなる。やりたいことをやっているときの自分はこんなにも楽しいという当たり前のことが、いまさらのように実感できるのだ。

何枚もデッサンして、そのうち二枚をキャンバスに写したのは、この夏休みに辰彦と一緒に出かけた海の風景。もう一枚は美術室の窓から外を眺める少年の背中を描いたもの。少年はもちろん辰彦だ。

それからも駿のささやかな抵抗は続いた。学校へ行かなくなってあっという間に二週間目に入った。もちろん、塾も行っていない。両親も学校と相談しているらしいが、駿はひたすら引きこもって絵を描いている。

辰彦とも会えずにいるけれど、電話やメールで連絡はしている。事情を説明したら、彼は駿の行動はどこかピントがずれていると笑う。それでも、応援していると言ってくれた。

『それにしても、最初は俺が不登校だったのに、今では庄田と駿先輩が引きこもりで、俺が真面目に学校へ通っているっていうのも変だよな』

辰彦の言うとおりかもしれない。学校という場所は奇妙なところだ。行きたくないけれど行かなければならないときもあるし、行かなければならないと思うと行きたくなくなったり、行きたいと思っても行けないときもある。あの閉塞的な場所にも学ぶものはあると思う。でも、ときにはそこから離れてみれば新しい発見もある。

庄田はどうしているんだろう。ふと考えるときもあった。自分はこんなやり方で親をちゃんと説得できるだろうか。不安になるときもある。でも、辰彦が応援してくれている。自分には友達でいて好きな人がいる。それだけでとても心強い。

そして、三週間目にはついに両親のほうが折れる形で駿の部屋にやってきた。これまで反抗期らしい反抗期もなく、親の言うとおりにしてきた息子の「反乱」だった。最初のうちはどうせ駿のほうがすぐに根負けをすると思っていたのだろう。気が弱く争いごとの嫌いな息子の性格は充分わかっていたからだ。

けれど、これは駿にとっても生まれて初めての自分との戦いだった。そんな息子の真剣さを受けとめることもできない親ではなかった。彼らも駿のいない場所で充分に話し合ったのだろう。

「駿の気持ちはわかった。本気なのも認める。だから、もう一度ちゃんと話をしよう」

父親がそう言ったのは三週間目に入った週末だ。病院が休みの日、両親は揃って駿の部屋にやってきた。駿が部屋の鍵を開けると、二人が入ってきてまずは目を見開いて驚いていた。閉じこもっていた間、何をやっているのかわからずにいた二人は、そこに駿の描いた絵があるのを見てそれらに視線が釘付けになっていた。

駿は中学の頃に家で絵を描くのをやめた。だから、二人ともその後は駿の絵を見たことがなかったのだ。ただ、ぼんやりと息子は絵が好きらしいと思っているだけで、誕生日やクリスマスにはねだられるままに画集を買い与えていただけだった。

駿が部屋で描いていた二枚の絵はどちらも未完成だ。これで美大へ受かるだけの実力があるのか駿だってわからないし、両親にもそれはわからないだろう。ただ、駿が真剣だという気持ちだけは伝わったようだ。

「駿、やっぱり気持ちは変わらないのか?」

駿は強く頷いた。すると、父親は溜息とともに駿に自分たちの気持ちを言い聞かせる。

両親はともに志を持って医者になった。それぞれの医院を開くまでに夫婦で支え合いながら苦労も努力もしてきたという。だからこそ、それを息子に継いでほしいという気持ちがあるという。自分たちが築いてきたものを、一人息子に託さずに誰に託せばいいのかと言う。

その責任は何度も考えてきた。けれど、駿には医者になれない理由がある。それは、絵を描きたいという以前に、人の命や健康に責任を持って治療に当たる自信もなく、未来の医療のために研究に励む情熱もない。そんな無責任な気持ちで医学の道に進むのは間違っていると思うから。

「やっぱり駄目なのか?」

「ごめんなさい……」

こんなに真剣に両親と向き合って話したのは初めてのことだった。これまでは両親の決めた道が駿の進むべき道だったから。けれど、必ずしもそうではないと思う駿の気持ちを両親はようやく理解しはじめてくれたようだ。

それは、長い長い沈黙だった。そのあと、ようやく母親が駿の絵の前で口を開いた。

「駿くんの人生だものね。あたしたちが若い頃に医者になりたいと思ったように、駿くんには違う夢があってても間違いでもおかしなことでもないのよね」

父親もそれは認めてくれた。けれど、最後に一つだけ伝えたいこととして言った。

「絵の道へ進むことは反対しない。けれど、医者の道についても完全に捨てないでもらいたい。できれば、もう一つの人生の可能性としておまえの中で選択の余地を残しておいてくれればと思うよ」

それが、両親の最大限の譲歩だとわかった。人生はまだまだ長くて、これから何度も迷って悩んでいくのだろう。今はまだ夢だけで突っ走っていけばそこに道が開けると信じていればいい。でも、親たちはそうじゃない現実も知っているからこそ、子どもに伝えておきたいことがあるのだ。そうアドバイスしてもらえる自分は幸せだと思う。だから、駿は両親に心から「ありがとう」と言うとともに、必ずそうすると約束した。

こうして駿の二十一日間の不登校の戦いは終わった。明日から学校へ行こう。辰彦が待っていて、大好きな絵が描ける学校へ……。


「頑張ったなぁ。三週間か……」

「自分だって一ヶ月も頑張ったくせに」

「いや、俺の場合は単なる怠けだ。何と戦っていたわけでもないし、何を勝ち得たわけでもないからな」

「でも、自分の気持ちを整理して、親に心配かけないようにしようって思ったんでしょ？」

辰彦の不登校の一ヶ月は、高校入試という目的を達してしまったあとに訪れた空《から》っぽの心を自分で埋めるための大切な時間だったのだ。

「そんな大層なもんじゃないさ。でも、駿先輩はよかったな。これで思いっきり絵が描けるもんな」

笑って頷くと、辰彦は制服のズボンのポケットから自分の財布を取り出してきた。なんだろうと思ったら、彼もまたにっこりと笑って一枚のカードを手にしてみせる。

「ジャーン！　ついに取った」

それは二輪車の免許証だった。つい最近撮ったばかりの初々《ういうい》しい写真が貼られたそれを手にして、駿がしみじみと眺めて感心する。

「すごいねぇ。本当に取っちゃったんだ」

「そりゃ、取るさ。夏休み中教習所通いしてたんだから」

それはそうだが、こうしてその資格を形にして見ると辰彦がまた一歩前に進んだのだと思えて羨ましくなる。そのことを駿がポソリと言うと、辰彦が免許証を財布の中に入れてから言う。

「来年には高速を使わないで行けるところまでタンデムで走ろうな。車じゃないからあんまり荷物は乗らないけど、スケッチの道具ぐらいなら背負っていけるしさ」

「来年かぁ。受験で忙しいだろうけど、行きたいな」

「一日くらい平気だろ」

「そうだね。楽しみだな」

久しぶりの美術室での二人きりの時間、今から楽しみな来年の夏休みの話をしたあとに、辰彦がちょっと気恥ずかしそうに駿の頬に触れてくる。

「キスしていいか？」

「うん。僕もしたい」

本当はもっといろいろなこともしたい。抱き合って触り合って、最後には一つになって気持ちよくなりたい。でも、ここではちょっとそれはできないから、手を繋ぎ唇を重ねるだけ。今度はいつ抱き合えるだろう。そんなことを思うだけでいやらしい気分になって、胸が苦しくなるくらい。覚えたての快感はあまりにも刺激的で、今では唇を重ねるだけのキスでは物足りない。けれど、もどかしさや息苦しさも全部ひっくるめて、「好き」という気持ちを大事にしたいと思っていた。

あんなにつまらなかった学校が、今は二人にとってとても大切な場所になっている。何も目的もないまま通っていたけれど、好きな人と出会えた場所だ。これからも大好きな彼と一緒に過ごす場所なのだ。

そして、駿が学校に戻って一週間後のことだった。駿がいつもどおり辰彦と遅めのランチを摂るためにカフェテリアに向かっているときだった。

廊下の向こうから庄田が歩いてくるのが見えて、驚いた駿がその場で足を止める。庄田は駿のすぐそばまでくると、軽く手を上げて笑う。

以前のように優等生らしいさわやかな笑顔ではない。けれど、彼の自宅に訪ねていったときのように、病的な笑みでもない。

「なんで学校にいるって顔だな。厄介な奴が戻ってきたって思ってる?」

「そんなこと……」

駿は、思っているわけないと首を横に振る。あれからどういう心境の変化があったのかわからないが、庄田が登校する気持ちになったのならよかった。彼もまた何か自分なりの答えを見つけたのだろうか。自分の足で目の前の山を登り、向こうの景色を見てみたくなったのだろうか。

駿がまた学校で会えてよかったと伝えると、庄田がかったるそうに肩を竦めてみせる。辰彦の専売特許のようなポーズだが、今の庄田がやっているとなんだかちょっとせつなく見えた。

「ところで、駿も不登校で親に抵抗してたんだって?」

「ど、どうして、それを?」

ずっと学校へきていなかった庄田がどうしてそのことを知っているのだろう。不登校のことは学校に戻ってから誰かに聞いたのかもしれないが、その理由まで知っている口調が奇妙に思えたのだ。すると、庄田はなんでもないことのように説明する。

「親切なんだか生意気なんだか知らないが、駿が俺のところへ話をしにいって、自分のやりたいことを親に伝える決心をしたんだって教えてくれた奴がいてさ。そいつが駿をたきつけておいて、自分は逃げたままでいるのかって言うんだ」

「じゃ、辰彦が？」

どうやら、辰彦が電話で庄田にそのことを伝えていたらしい。庄田のことは気に入らないと言っていたくせに、やっぱり辰彦は優しい。そうやって、迷っている庄田の背中を押してやったのだ。だが、辰彦の言うとおりにしたと思われるのは癪《しゃく》なのだろう。庄田は不愉快そうな表情を隠そうともせずに言う。

「やっぱり、あの一年は生意気なんだよな」

庄田がそう思うのは仕方のないことだ。それに、駿だってときどきそう思うことはある。

「そうですよね。生意気ですよね」

それから、二人は互いの顔を見て苦笑を交わした。

「怪我をさせたことは悪かったと思ってる」

庄田があらためて言う。一瞬だけ小さく頭を下げたように見えたのは気のせいではなかったと思う。だから、駿はなんでもないと怪我をしたほうの手を振ってみせる。

「もう全然平気です」

「十針も縫ったって聞いたけど、痕《あと》が残ったんじゃないのか？」

それも今は一本の薄い線が残っているだけだし、男だからそんなことは気にしやしない。

そんな駿の言葉を聞いて、「その顔で男とか、よく言うな」と庄田がからかうように言う。

もちろん、冗談として受けとめることもできたし、気がついたら二人は一緒に笑っていた。

どちらも心からの笑顔だったと思う。

なんだか数ヶ月前のことが嘘のようで、今はちゃんと庄田の顔も見ることができる。それが駿には何よりも嬉しかった。

◆◆◆◆◆

学校行事の多い二学期が駆け足で過ぎていき、年が明けて庄田は無事に志望大学に合格した。いろいろあったけれど、ちゃんと目標を達成することができた彼はりっぱだと思う。

卒業式の日は卒業生を代表して答辞を読み上げていた庄田を見送って、駿と辰彦はいつものように美術室で二人きりの時間を過ごしていた。すっかり当たり前になったこんな時間も、いずれは終わりがやってくると思うとなんだかせつない。

来年は駿が受験の番だ。芸術系の大学を受けるつもりで準備をしていて、昨年の秋から実技対策のために美術予備校に通っていた。来年はどんな気持ちでこの桜を見ているのだろう。

「桜って苦手だな。なんか見ているとやるせなくなる」

美術室の窓から校庭を見ながら辰彦がボソリと呟いた。もしかして、辰彦も駿が感じているのと同じことを思っているのだろうか。春はなんだか胸が痛む季節だ。

「いつまで一緒にいられるかなぁ……」

駿もなんとなく沈んだ声で呟けば、辰彦が苦笑交じりに言う。

「別れることを考えてつき合う奴なんていないだろう。今は心配しなくていいんじゃないの？」

それは、辰彦が自分自身に言い聞かせている言葉のようでもあった。若すぎるから明日のことはわからない。わからないから心配しても仕方がない。だから、それもそうだと駿もちょっと自分を励ますように笑う。

「うん、そうだね。明日もまたここで会えるしね」

三年は卒業しても、在校生はまだ何日か授業が残っている。春休みに入ったら、バイトと塾の合間に会えばいい。そして学年が上がっても、あと一年はこの場所で一緒にいられる。明日もまたここで会おう。ここは大好きな絵を描きながら、大好きな彼と過ごせる大切な場所だから……。

初恋レモネード

「大学に受かったら、独り暮らししようと思っているんだ」

駿《しゅん》が言うと、隣で体を横たえていた辰彦《たつひこ》がシーツを捲《めく》り、体を跳ね起こしてたずねる。

「ほ、本当に？」

ものすごく慌てた辰彦の様子を見て、思わず噴き出してしまった。駿といやらしいことをしている最中よりも、興奮しているようでなんともおかしかったのだ。だが、辰彦の気持ちもわかる。何より駿自身がそれを望んでいて、両親を説き伏せたことは我ながらよく頑張ったと自分を褒めてやりたいくらいだった。

二人が初めてセックスをしてからもうすぐ一年になる。あれからずっとお互いにがっついていて、ほしくてほしくてしょうがないときもあるけれど、そう簡単に抱き合えるわけでもない。

学校があって、勉強はお互いそれなりに大変で、駿は芸術大学受験のための塾に実技の予備校、辰彦は買ったバイクのローンを払うためのバイト。他にも青少年はそれなりに忙しい。そして、お金もない。ごくまれに両親が不在のときにどちらかの家で抱き合うくらいで、本音をいえばまだまだ体は飢えていた。

（しょうがないよね、まだ十代だもん……）

ただ、一年経《た》っても互いの興味が女の子に移らないことで、照れくさいながらも自分たちはこの先も大丈夫かなと思っている。そして、心と体が成長するごとにより飢えて互いがほしくなるから、どうにかしたいと考えたのだ。

駿の受験する芸術大学は都内だから、受かったとしても自宅から通うことはできる。だが、一時間以上かかる通学は大変だし、大学進学を自立の第一歩と考えれば一度は独り暮らしをしてみたいと思っていた。

「それにしても、芸大の受験ばかりか独り暮らしまで、よく親が許してくれたよなぁ」

裸のままの辰彦が、ベッドであぐらをかいて唸《うな》るように言う。駿も起き上がって、自分のベッドサイドに持ってきていたミネラルウォーターのペットボトルを手にすると、それを一口飲んでから辰彦に渡す。

昨日から駿の両親は揃《そろ》って北海道へ出かけている。今回は父親の講演会依頼と母親の学会が重なって、二人して家を空《あ》けているので辰彦を呼んで一緒に過ごしていた。

「芸大の受験は認めてもらったけど、もし来年の春に失敗したらそのときは浪人して、再来年には医大を受ける約束をしたからね」

受け取った水を飲んでいた辰彦がむせて咳《せ》き込むと、慌てて自分の手の甲で口元を拭《ぬぐ》う。

「何っ？　マジかよ。そんな約束していたなんて聞いてないけど」

「ごめん。でも、両親とはあれから何度も話し合って、結局そういうことに落ち着いた」

焦る辰彦に、駿はケロリとした顔で答える。それはもう自分の中で覚悟ができているから。

両親は絵の道を認めてはくれたものの、その傍《かたら》らで医学の道という選択も捨てないようにと言い含めてきた。駿はこの一年で、そんな両親の希望もきちんと考えるべきだと思うようになっていた。だから、現役で芸術大学に合格できなかった場合は、医学部への道を選ぶことを約束していたのだ。

「なんか急に大人になっちゃった感じだけど、受験のほうは大丈夫か？」

失敗したら、それはそのときだ。わがままを通すためには、リスクがあって当然だと思う。両親の気持ちを汲《く》んだだけではない。絵の道を志すなら、自分もそのくらいの覚悟がなければ駄目だと思ったのだ。だから、努力が実ったあかつきには、駿の独立を認めてくれると両親も約束してくれた。

「辰彦のほうはどうなの？　先週進路指導があっただろ？　志望大学はもう決めたの？」

「俺は工学部の一択だから。できるだけ都内か近県で絞ってるけどね」

都内の大学の工学部は偏差値的にかなり厳しいらしいが、お互い目標が定まらないまま不安な日々を過ごしていたことを思い出せば、今はゴールが見えているだけでも頑張ることが苦しくない。

「で、独り暮らしするとしたら、どのあたりに住むんだ？」

「まだ考え中。でもね、庄田《しょうだ》先輩に聞いたら、あのあたりには学生向けの独り暮らしの部屋がけっこうあるらしいから……」

「ちょ、ちょっと待てっ。なんであいつが出てくるんだ？」

「この間、芸大の下見に行って周辺を散策していたら、大学帰りの先輩にバッタリ会ったんだよ。先輩も進学と同時に実家を出たっていうから、独り暮らしのことも相談してみたんだ。いろいろアドバイスしてくれて助かったよ」

駿の目指している芸術大学と庄田が通っている国立大学のキャンパスはわりと近距離で、一帯は学生街となっているのだ。そのことを説明していると、なぜか辰彦がいきなり駿をベッドに押し倒してきた。そして、駿の体を撫《な》で回し、唇を何度も押しつけてきてたずねる。

「なんかされなかったかっ？」

「先輩はもう大丈夫だよ。体調もよさそうだったし、大学生活も充実してるって……」

「たとえそうだとしても、駿にまだ気があるはずだ。それなのに、相談とかアドバイスとかって、無防備にもほどがあるだろうがっ」

「先輩がどう思っていても、僕は辰彦だけだもの。それだけは変わらないから」

本当はあの日偶然再会した庄田に、まだ駿への気持ちを吹っ切ることができないでいると聞かされた。でも、駿の気持ちは変わらないことを告げた。自分には辰彦だけなのだと。すると、庄田は寂しそうな顔をして頷《うなず》き、自分はきっと女の人を好きになることはないような気がすると言っていた。

　その気持ちは駿にもよくわかる。なぜなら、庄田からそういうアプローチを受ける前から、駿もまた女の子に心をときめかせたことがなかったのだ。でも、辰彦はどうなのだろう。

「僕は最初からあんまり女の子に興味がなかったけど、辰彦は女の子がいいなって思うことはない？　本当に僕なんかでいいの？」

　彼が陸上を諦《あきら》め、引きこもっていたときから外の世界に目が向くようになって一年以上が過ぎた。辰彦の目にはたくさんの可愛い女の子の姿も映っているだろう。それでもまだ駿がいいと言ってくれるだろうか。

　いつだってそんな不安を抱えているけれど、口にして言うのは恥ずかしかった。でも、辰彦が庄田に嫉妬してくれたから、勇気を出して聞いてみた。

「俺は一年前よりもずっと、もっと駿先輩が好きになっているよ。可愛い女の子を見ても、触れたいとか抱きたいって思わない。不思議だけど、多分これからもそうなのかなって思う」

　そう言いながら辰彦は駿の中心に触れてくる。彼は最初からそこに触れることに微塵《みじん》の躊躇《ためら》いもなかった。一度果てたものが辰彦の愛撫ですぐに硬くなっていく。自分の太腿《ふともも》にある辰彦のものもまた硬くなっていた。相手の興奮がはっきりと伝わる体がいい。

　辰彦の指が潤滑剤をつけて後ろを探ってくると、駿はたまらず身を捩《よじ》って甘い声を漏らす。最初の頃はその量も適当で、痛い思いをしたり苦しい思いをしたりでけっこう大変だった。

「後ろもずいぶん慣れたよな。初めてのときはどうなるかと思ったけどさ」

「僕、最初のときも頑張ったつもりだけど？」

「うん。頑張ってた。泣きそうな顔しているくせに、すごい積極的で。駿先輩の絶対やるっていう気迫に、俺のほうが押されてたくらいだから」

辰彦がおかしそうに言うので、駿は思わず頰《ほお》を赤くして拗《す》ねたように言う。

「やめてよぉ。僕ばっかりがっついてたみたいじゃないか」

すると、辰彦はいつだって自分のほうががっついていると笑い、それを証明するように駿の股間へと顔を下ろしてそこに舌を這《は》わせる。これは最近二人がちょっと気に入っていること。互いの股間を口で刺激すると、ものすごく興奮するのだ。

それだって初めてやったときは互いの口で果ててしまい、大騒ぎの大慌てだった。今は充分に愛撫をしてから、後ろに入れるまで辛抱していられるようになった。セックスにもずいぶん慣れて、互いの好きなところも知って、やっぱりこうしていたいと思う。駿がそう思っていたら、顔を上げた辰彦がしみじみと言う。

「俺ね、やっぱり駿先輩とこうしていたいって思う。ずっと先のことまではわからないけれど、いられるかぎりはずっと一緒にいたいよ」

ときどき、以心伝心だろうかと思うときがある。体を重ねる回数とともに、心の繫《つな》がりも強くなっていく気がする。

「そうしたら、来年とか再来年はもっとすごいセックスしてるのかなぁ？」

駿が何気なく呟《つぶや》くと、今度は辰彦が照れたように赤い顔をして体を重ねてくる。コンドームの使い方もすっかり手馴《てな》れていて、シーツを汚さないよう駿自身にも被《かぶ》せてくれるのだ。

「童顔のくせにきわどいことをサラッと言うから、我慢できなくなって困るんだけど……」

「我慢する必要ないのに」

「必要があるときに困るのっ」

こういう態度はやっぱり年下で可愛いと思ってしまう。でも、今は我慢しなくていい。両親が戻ってくるのは明日の夜だ。許された時間で存分に抱き合って、身も心も満たされたい。

「ああ……っ、駿っ。駿……っ」

「あん……っ、はぁ、いい……っ。気持ちいいっ。もっと、もっとして……」

指で解《ほぐ》したそこに辰彦自身が押し込まれ、擦られるほどに興奮が高まって、気がつけば自ら腰を持ち上げている。辰彦とのセックスはこんなにも気持ちがいい。それは好きという気持ちを確かめる、大切で楽しい行為だから。

明日も明後日《あさって》も、来年も再来年もきっと彼のことが好きでいる。駿はそう信じているし、辰彦もそうでいてほしい。自分がわからなくて、先が見えなくてずっと不安だった日々はもう遠い。今の二人はこうして抱き合う時間とともに、自分たちの未来のために頑張れる毎日をとても愛《いと》しく思っているのだった。

あとがき

「シトロン」という言葉に、懐かしさとともに甘酸っぱい思いが込み上げてきます。今回は自身のデビュー当時の気持ちを思い出しつつ、初恋のお話を書いてみました。

高校生同士を書いたのは本当に久しぶりです。近頃の高校生はどんな恋愛をしているのかよくわかりませんが、辰彦と駿のような悩ましくもどかしい恋愛もあるのかもしれません。

大人になると目先の仕事に追われてしまい、ゆっくり悩むこともできなくなってしまいます。そうやって考えると、十代後半というのは人生で一番ゆっくりじっくり悩むことができる時期のように思います。「勉強はできるときにやっておきなさい」とよく若い頃に言われました。でも、「悩めるときに思いっきり悩んでおきなさい」ということも言ってあげられたらいい。すっかり大人になったわたしはそう思います。


さて、今回の挿絵は六芦かえで先生が担当してくださいました。若くて初々しい少年たちをとても魅力的に描いていただき感謝しております。また、制服や学校の様子など細部にもこだわっていただきました。お忙しいスケジュールの中、本当にありがとうございました。

この本が書店に並ぶ頃には、今年も第二の仕事部屋に移動している予定です。第二の仕事部屋は北米西海岸の街にありまして、毎年夏になると一ヶ月ほどそこで仕事をします。かれこれ十年以上も通っているので、あちらの部屋にも洋服やら身の回りのものはすっかり揃っている状態。なので、近頃ではもう二泊三日程度の荷物で出かけていけるくらいになりました。

ちなみに、今年の滞在期間はワールドカップの真っ最中。わたし自身はあまりサッカーに詳しくないのですが、あちらにいる友人たちは地元で行われるユースの試合も見にいくようなサッカーファン。おつき合いでテレビの前に座り、サッカー観戦三昧の日々になりそうです。

仕事をしながら、サッカーを見ながら、近頃ちょっと気になる「経済」の勉強をしながら、あちらならではの野菜を使った料理をたくさん作り、夏の前半を楽しく過ごしたいと思います。

ちなみに、「経済」については、昨年後半から興味を持って勉強するようになりました。この歳になるまで、自分の収入とか貯金とか家計とか、半径三メートルくらいでしか経済を見ていませんでした。でも、マクロで見るとまったく違う世界が見えてきておもしろいものですね。

もちろん、勉強したからといって自分自身が大きく変化することはないですが、新聞やニュースの見方も変わってくるし、情報を分析する力がつくような気がしています。

大人になった今は、「勉強はいくつになってもできる」という気持ちでいます。興味を持ったことはどんどん迷わず恐れず学んでいこうと思います。難しいことほどやりがいがあると思う気持ちが大切。難しいことはもういいよと思ったらおしまいだと、自分に言い聞かせています。

それでは、皆様もそれぞれにステキな夏をお過ごしください。

小川いら

二〇一四年　五月

✦初出　初恋シトロン……………………書き下ろし
初恋レモネード…………………書き下ろし

小川いら先生、六芦かえで先生へのお便り、本作品に関するご意見、ご感想などは
〒151-0051 東京都渋谷区千駄ヶ谷 4-9-7
幻冬舎コミックス　ルチル文庫「初恋シトロン」係まで。

幻冬舎ルチル文庫

初恋シトロン

2014年6月20日　第1刷発行

✦著者	小川いら　おがわ いら
✦発行人	伊藤嘉彦
✦発行元	株式会社 幻冬舎コミックス 〒151-0051 東京都渋谷区千駄ヶ谷 4-9-7 電話 03(5411)6431［編集］
✦発売元	株式会社 幻冬舎 〒151-0051 東京都渋谷区千駄ヶ谷 4-9-7 電話 03(5411)6222［営業］ 振替 00120-8-767643
✦印刷・製本所	中央精版印刷株式会社

✦検印廃止

ISBN978-4-344-83162-9　C0193　Printed in Japan